青空あかな

ill. でんきちひさな

俺だけ使える 全自動サンクチュアリで辺境を極楽領地に作り変えます！

歩くだけで聖域化する最強スキルで自由気ままな辺境ライフ」

CHARACTER

◇ソロモン◇
死の荒れ地の村長。ユチのおかげで「伝説の大賢者」としての力を取り戻す。
ワ、ワシの力が戻ったじゃー！
ユチ様のお世話をするのが生きがいなのです!!
◇ルージュ◇
愛が重めのユチの専属メイド。実は元Sランク冒険者で、何かと頼りになる存在。
人生なるようになる…よな？
◇ユチ◇
特殊スキル【全自動サンクチュアリ】で追放先の死の荒れ地・デサーレチを浄化しまくり、絶賛開拓中。

これであちしは大儲けコンよ！
私たち【アウトローの無法者】にお任せください！
◇フォキシー◇
王宮入りの行商人。ユチのスキルに感動し、取引することに。
ナデナデしてくれないと殺してしまうぞ～
◇アタマリ◇
ユチの暗殺を命じられデサーレチにやってきた元盗賊団。しかし、ユチにあっという間に浄化され…。
◇クデレ◇
ユチの暗殺を命じられた元Sランクの殺し屋。ユチの力で改心し、デサーレチで暮らすことに…!?

どうぞお召し上がりくださいませ。
特産品の〝ユチ様饅頭〟でございます。
ルージュがグイグイ勧めてくる。
仕方がないので、俺は微妙な気持ちでかじった。
なんか、共食いしている気分になるのだが。
意外と美味かった。

俺だけ使える全自動サンクチュアリで辺境を極楽領地に作り変えます！

歩くだけで聖域化する最強スキルで自由気ままな辺境ライフ

青空あかな
ill. でんきちひさな

ore dake tsukaeru
zenjido SANCTUARY de
henkyo wo gokuraku ryochi ni
tsukuri kaemasu!

目次

第一章：追放先は死の荒れ地……4
第二章：領地の発展と盗賊団の襲来……56
第三章：瘴気の巣と古の世界樹……125
第四章：村の特産品と暗殺者の襲来……166

第五章：死の荒れ地は神の領域に …… 225
【私の一日はユチ様とともに（Side：ルージュ）】 …… 282
【大デサーレチ祭（Side：ユチ）】 …… 288
あとがき …… 294

第一章：追放先は死の荒れ地

「ユチ・サンクアリイイイイ！　貴様は今日をもって、追放だあああ！　無能スキル持ちの親不孝者めぇぇぇぇ！　我がサンクアリ伯爵家の面汚しも甚だしいいいい！　今すぐ、出て行けぇぇぇぇ！」

「ち、父上！　ちょっと、待ってくれよ！　それに関しては何度も説明してるって！　俺のスキル〈全自動サンクチュアリ〉は、自分の周りが聖域になる能力で……」

「黙れぇぇぇぇ、黙れぇぇぇぇ、黙らんかあああ！」

「うわっ！　父上、やめてくれ！　危ないから！」

目の前の男は、俺に向かって灰皿やら何やらを投げてきた。残念なことに、知り合いなんだなぁ、これが。というか、俺の父親だ。オーガスト王国のサンクアリ伯爵家当主、エラブル・サンクアリ。物を投げてくるたび、暴飲暴食によりでっぷり太った顔から汗が滴っている。

「このおおおおっ！　このおおおおっ！　貴様こそ、私の領地経営に口出しするなと何度も言っているだろおおおお！」

「いや、だから、それはあまりにも税金が重すぎると領民も辛いって話で……いってぇ！」

父親は永遠に、俺を跡取りとは認めようとしなかった。いろんな社交界にも連れ出さなかったし、俺をずっと屋敷の中に閉じ込めていた。父親は俺の出自が気に入らんのだ。

俺は正妻の息子。正妻が嫌いだった父親は、俺を何かと目の敵にしていた。俺は長男、まして や正妻の子なので、おいそれと追い出したりできなかったのだ。だが、今日、父親は名実ともに俺を追放できるようになった。それは……。

「クソ兄者ぁぁぁ、いい加減認めろよぉぉぉ。自分が無能でぇぇぇ、次期当主の資格がないってことをさぁぁぁ」

「ク、クッテネルング……！」

部屋に入ってきたのは、父親と同じようにでっぷりと太った男──クッテネルングだ。こいつは俺の弟。といっても、母親違いだから異母弟だ。いつものように、クチャクチャと何かを食べている。

「クソ兄者は用無しになったんだよぉぉぉ。僕ちゃまに、最高最強のスキル〈ドラゴンテイマー〉が出たんだからねぇぇぇ」

俺の二歳年下であるクッテネルングは今日で十四歳となり、スキルの判定を受けた。その結果、〈ドラゴンテイマー〉という皆が羨む能力だったというわけだ。

元々、〈テイマー〉系統のスキルには大きな人気がある。自分だけの相棒と一緒に戦って成長するなんて唯一無二だからな。テイム対象が強い魔獣とかならなおさら最高だ。まぁ、僕からの信頼が全ての肝なのだが、こいつに信頼関係など築けるのだろうか。なにせ、小さくて無害なスライムにさえ攻撃しようとする男だ。

「念のため言っておくが、僕になったドラゴンをいじめたりするんじゃないぞ」

「この僕がそんなことするはずないだろぅぅぅぅ。本当に愚かだなぁぁぁ。クソ兄者はさぁぁぁ」

こいつは父親が手を出した侍女から生まれた。そして、その侍女はちゃっかり伯爵家夫人となった。これがまた奔放な人で、しょっちゅう買い物やら旅行やら行っている。今もどこかで豪遊しているんだろう。というか、家にいるのをろくに見たことがない。

俺の実母はというと、クッテネルングが生まれた頃に心が疲れてしまい、今は修道院で養生中だ。俺もこんな家からは離れて正解だと思う。

「こんなヤツが僕ちゃまの兄なんて、恥ずかしくて仕方がないなぁぁぁ。スキルなしのクソ無能兄者がよぉぉぉぉ」

父親に似てクッテネルングも、語尾が伸びる話し方をする。それはさすがにやめた方がいい、と俺は何度も注意した。だが結局、こいつは聞く耳を持たなかった。

「だから、俺は〈全自動サンクチュアリ〉で、家中の瘴気を浄化してるってのｌ」

何度言ったかわからないセリフを叫ぶ。ふたりはギャハハハハアアアア！　と大笑いしていた。とても貴族とは思えん。まぁ、そのあたりは俺も人のことは言えんのだが。どうしても、丁寧な言葉遣いとやらが身につかんのだ。

「だったらあああ、その瘴気とやらを見せてみろおおおお！」

「言い逃れしようなんて見苦しいぞぉぉぉ」

「ちょうど、父上とクッテネルングの肩に乗っかっているよ！」

父親と異母弟の両肩には、黒い塊が乗っている。瘴気だ。厄介なことに、心まで瘴気に汚染された人間には見えないのだ。

「そんなものないではないかあああああ！」

「クソ兄者は嘘も下手だなぁぁぁ」

「何度も言ってるけど、実際に教会でも判定されたじゃん！」

「また、そのような嘘を抜かすのかあああ！　貴様はどこまで不届き者なんだあああ！」

瘴気は悪い心や邪な心に吸い寄せられる。ほったらかしにしておくと、憑りつかれた人間や作物は病気になってしまう。サンクアリ家は、とにかく瘴気が集まりやすかった。まぁ、父親と異母弟がアレだからな。どんなに俺が屋敷中を聖域化しても、次の日には瘴気まみれになっていた。

——父上とクッテネルングの心は、どこまで汚れているんだ……。

スキルは十四歳で授けられる。だから、俺は今日までずっと屋敷の瘴気を浄化する日々を送っていた。その結果がこれだ。

「そうだあああ。役立たずのお前にも、仕事を与えてやろううううう。山脈が入るほど広大な我が領地の辺境にある、デサーレチの領主だあああ」

父親に言われても、大して驚かなかった。どうせそんなことだろうと思っていたからな。俺を辺境の領主に就任させ、都合よく厄介払いしたいのだろう。

死の荒れ地デサーレチ――通称、クソ土地。ひび割れた大地、どんな作物も育たない畑、汚水の川……いいところがひとつもない領地だ。馬車でも二週間はかかるほど遠い。おまけに、日光が遮られるほどの瘴気に覆われている魔王領に近いときた。天気がいい日は魔王領が黒い影となって見えるらしい。まぁ、あまりの土地の悪さに、魔王軍ですら見向きもしないのだが。

「聞いているのかあああああ、ユチ・サンクアリイイイイ！　貴様は今日でサンクアリ家から出て行けと言っているのだあああああ！」

「ショックで口も利けなくなっちゃったのかなぁぁぁ？　みっともないぞぉぉぉ、クソ兄者ぁぁぁ」

「はいはい、わかりましたよ。デサーレチに行きますよ」

俺の座右の銘は、〝人生なるようになる〟だ。きっと、貴族生活も向いてなかったんだろ。なにせ、家から追い出されるくらいだ。ぶっちゃけ、俺は清々していた。言葉遣いやら、しきたりやら、堅苦しくて仕方なかったからな。家族仲もよくなかったし。むしろ、自由の身になれて嬉しいくらいだ。

「二度と戻ってくるなああああ。この無能おおおお」

「じゃあなぁぁぁ、クソ兄者ぁぁぁ。泣きついてきても知らねえぞぉぉぉ」

石やらゴミやらを投げられながら、俺はサンクアリ家を後にした。まぁ、何とかなるだろ。人生なるようにしかならないさ。

□□□

「さて、さっさとこの街ともおさらばするか」

俺は街の大通りを歩いていた。デサーレチに向かう馬車を手配するためだ。

「お待ちください、ユチ様」

歩いていると、聞き覚えのある声がした。振り返ると、メイド服をきちっと着た女性が立っている。燃えるような真っ赤な髪に、凛々しくて力強い青と緑のオッドアイ。とても目を引くような美人だ。それは……。

「あれ？　ルージュじゃないか、どうしてここに」

サンクアリ家メイドのルージュだ。いや、そう言うと語弊があるな。ある日を境に、俺の専属的なメイドになってしまった。

「先ほど、お屋敷を辞めて参りました」

「え！　辞めちゃったの⁉　あんなに気に入っていたのに……」

「私はユチ様のお世話をするのが生きがいなのです‼」

「いや、ほら、そういう話は外でするなって……」

道行く人が、不審な目で俺を見ている。ルージュの方が背が高いし、十八歳と聞いているから俺より年上だ。見知らぬ人が見たら、姉弟と思うかもしれない。弟の世話が生きがいの姉。何らかのプレイと思われかねない。

「あの日の恩義を、私は忘れたことがございません」

ある出来事をきっかけに、ルージュは俺をとても慕ってくれるようになった。無論、俺も忘れたことはない。

「でも、俺が行くのはあのデサーレチだぞ？　ルージュなら、もっといい就職先があると思うんだが。そういえば、冒険者ライセンスだって持ってなかったっけ？」

「Sランクでございます」

「なんだって⁉　Sランク⁉　マジかよ……」

「マジでございます」

屋敷に来る前は冒険者だったと聞いていたが、まさかSランクとは。

「だったら、ギルドとかに行った方が……」

「ギルドなど行きません。私めはユチ様と一緒に行きたいのでございます。ユチ様がいらっしゃるところ、ルージュもまたいるのです。それこそ、来世の来世まで」

どうやら、ルージュは本当についてきてくれるらしい。なんだか、とてつもなく重いことを言われた気もするが。でも、仲間がいてくれるのは心強い。

「ありがとうよ、ルージュ。じゃあ、さっそく行こうか」

「はい、どこまでもお供いたします。来世の来世まで」

「……俺たち死ぬの？」

適当な馬車を見つけて、俺たちはデサーレチに向かって行った。

「これで、サンクアリ家も安泰だなあああ！」

「邪魔なクソ兄者を追い出してせいせいしたぜぇぇぇ」

エラブルとクッテネルングは、祝杯を挙げていた。顔も赤らんでおり、すでに相当酔っていることがわかる。

「よしいいいい、とっておきのワインを開けるぞおおお！」

「こんなに高い飲み物をクソ兄者は一生飲めないんだなぁぁ。ハハハハハァァァ」

エラブルは高価な酒を、クッテネルングは高級なジュースを上機嫌で飲む。楽しい日々の予感に胸を躍らしていた。さっそく、おびただしい数の瘴気が迫っていることを、彼らは知る由もない。

□□□

「ここがデサーレチか……ヤベぇな」

「はい、ウワサ通りのクソ土地でございますね」

二週間ほど馬車に乗って、俺たちはデサーレチに着いた。楕円状に広がる、見渡す限りの灰色がかった荒れ地。馬車で回っても、一周するのに余裕で一日二日かかるかもしれない。これがデサーレチ領の全容だ。左後方には巨大な山々の麓がせり出し、正面の奥には黒焦げの焦土となった荒れ地が見える。過去、魔王軍と隣国による激しい戦闘があった場所らしい。あの焦土の先に魔王領があるわけだが、デサーレチは想像以上に荒れ果てている。地面はひび割れ、木々はやせ細り、その辺を歩いている野良犬や野良猫、鳥やイノシシ……どれもやせにやせており、健康そうな生き物が一匹もいない。生命力の象徴である雑草ですら、ぐったりだった。

そして……。

――瘴気だらけじゃねえか。

そこかしこに瘴気が這いずり回っている。土地が荒れているのもそれが原因だろうな。

「ほ、ほんとにこんなところに村があるのか？」

「はい、それは間違いございません。ユチ様、あちらをご覧くださいませ。小汚い小屋が見られます」

　確かに、簡単な木の柵で区切られた囲いの中にチラホラと小屋が見えた。しかし、めっちゃボロい。息を吹きかけただけで壊れそうだ。というか、俺のせいでルージュまで口が悪くなってきた気がする。

「こ、こんにちは。デサーレチの領主になったユチ・サンクアリですが……」

　囲いの真ん中には、これまた貧相な木のアーチが建っていた。たぶん、ここが村の入り口だと思う。村には八十人くらいの領民が住んでいると聞いていたが、何度か声をかけるも全然反応がなかった。心の中に不安が湧いてくる。

　――りょ、領民は死んじまったのか……？

　すると、二、三人の領民に付き添われてヨボヨボの婆さんが歩いてきた。見た感じ八十歳くらいかな。腰がめっちゃ曲がっていて、見るからに死にかけだ。杖ですら持つのが大変そうだった。いや、付添人はおろか、家の周りにいる領民たちもみんな具合が悪そうだな。頬はやせこけていて、手足だって棒のように細い。

「ワシは村長のソロモンと申します。旅人の方ですかな？　あいにくと、ここには何もございませんが」

名前を聞いた瞬間、俺とルージュは顔を見合わせる。ちょっと待て、ソロモンって。

「もしかして、あの伝説の大賢者のソロモンさんですか？」

にわかには信じられなかった。古の超魔法の使い手として知られる伝説の大賢者だ。

「いかにも、ワシは伝説の大賢者のソロモンですじゃ。今となっては、見る影もないですがの」

「そ、そうだったんですか……俺はユチ・サンクアリです。このたび、サンクアリ伯爵家当主より、デサーレチの領主に任命されました。こっちはメイドのルージュです」

「ルージュでございます」

俺たちは握手を交わす。

「領主様でしたか、これは失礼しました。しかし、死ぬ前に領主様が見られるとは……これでワシも心置きなく逝けるというものです」

ソロモンさんは、にこぉ……と優しい笑顔になった。その顔の周りには、天使の幻覚が見える。ソロモンさんは、ゴホゴホッと咳をしていた。しきりに胸のあたりを押さえたりと、とにかく具合が悪そうだ。

「あ、あの、体調が悪いんですかね？　すみませんね、そんな時に来ちまって」

「気にせんでください。もう残り時間も尽きるってことですな」

ソロモンさんは達観した様子でハハハと笑っている。頼むから残り時間とか言わないでくれ。冗談に聞こえないから。その時、ソロモンさんの背中に何かが引っ付いているのに気づいた。

見覚えのある黒い塊だ。

――あれ？　瘴気？

サンクアリ家にいたヤツより、ずっとどす黒い。ソロモンさんの体を這いずり回っていた。

そうか、こいつが原因で体調が悪いのだ。

「では、ワシはそろそろ失礼しますかな。お迎えが来たみたいですじゃ」

ソロモンさんは心を決めた様子で固まる。その顔は怖いくらいに満足気だ。天使がソロモンさんの体から魂を引っ張っていく……。

「ちょーっと待ってください！」

俺は慌ててソロモンさんを掴(つか)んだ。天使の幻影がパチン！　と消える。

「なんですかな、領主様。もう少しでしたのに」

「も、もう少しとか言わないでください！　俺のスキルで瘴気を浄化できるんですよ！」

ソロモンさんや領民はポカンとした。

「領主様に歯向かうようですが、それは不可能でございます。ワシはこれでも魔法に精通しておりましてな。あらゆる魔法や秘薬を試したのですが、まったく効き目がなかったのですわ」

「それがなんとかなるんですよ！　俺は〈全自動サンクチュアリ〉ってスキルを持ってまして、自分の周りを聖域化できるんです！」

簡単にスキルのことを説明する。

「そんなスキルが……」

「ですので、俺の近くに来てください」

「は、はあ……」

俺はソロモンさんを近くに寄せる。聖域化できるのは、だいたい両手を広げた範囲くらいだからな。さっそく、魔力を込める。

『ギ、ギギギギィ！』

すると、瘴気が苦しそうに悶え始めた。よしよし、いい感じだ。と思ったら、ソロモンさんが目を見開いた。いや、付き添いの領民たちも驚いている。

「ま、まさか……どんな魔法でも効き目がなかった瘴気が……こんな簡単に……」

聖域化する時は魔力を使うが、別にたいしたことはない。今まで疲れることなんかなかったしな。俺は淡々と魔力を込める。

——よし、そのまま消えちまえ。

『ギギギギ……キャアア！』

瘴気が灰のようになり、パラパラと消えていった。俺の聖域に耐えられず、浄化されたんだろう。ぐぐぐ……と、ソロモンさんの背筋が伸びていく。

「ソ、ソロモンさん、具合はいかがですか？」

「す……すごい……呼吸がとてつもなく楽になりましたですじゃ！　胸の苦しさもなくなった

じゃー！」

ソロモンさんは大喜びして走り回っている。ちょ、ちょっと待ってくれ。すげぇロリ幼女になったんだが。最初は八十歳くらいだったのが、今や十歳にも満たないくらいの見た目になっている。顔もツヤッツヤになって、さっきまでの死にかけ婆とはまるで別人だ。そして、今気づいたが俺の足元だけ楽園のようになっていた。ふんわりとした草が生い茂り、かわいい花が咲いている。

「な、なんだ、これ？」

「ユチ様のスキルによって、大地が聖域化したのです」

「な、なるほど」

その時、荒れ地の方から数匹のゴブリンが走ってくるのが見えた。村を襲うつもりらしい。

「ヤ、ヤバい！　ゴブリンだ！」

「僕たちを襲う気だ！」

「み、みんな戦いの準備をするんだ！」

領民たちは慌てて戦闘準備をする。

「ユチ様はお下がりください。ここは私めが……」

「いいえ、ワシにお任せを！」

ソロモンさんが颯爽と前に出る。

「古の超魔法【エンシェント・ギガフレア】！」

『ピギイイイイ！』

ソロモンさんが言うと、ゴブリンたちが業火の柱に包まれた。空高くまでそびえ立つような、とんでもない大きさの業火だ。大きすぎて柱の先っぽが見えない。こ、これが古の超魔法かよ。あまりにもオーバーキルすぎる。ソロモンさんはマジの大賢者だった。業火が静まった時、ソロモンさんが叫んだ。

「ワ、ワシの力が戻ったじゃー！　領主様！　なんとお礼を言えばいいのかわかりませんぞ！」

ソロモンさんは大喜びで俺の手をブンブン振り回す。

「見ましたか、皆さま！　これがユチ様のお力なのです！　神が姿を変え、この地に舞い降りたのです！　このお方は生き神様なのです！」

いつの間にか、ルージュが石の上に乗って演説していた。いかに俺がすごいかを、力強く訴えている。その顔は充実感溢れた感じで光り輝いていた。ルージュの演説とソロモンさんの超魔法を見て、瞬く間に数十人もの領民たちが大集合する。

「うおおおおお！　ユーチ！　ユーチ！　ユーチ！」

ルージュに煽られ、領民たちが俺の名前をコールする。さっきまでみんな死にそうだったのに、力に満ち溢れていた。

「き、奇跡じゃー！　神が舞い降りた！　領主様は生き神様だったのじゃー！」

ソロモンさんはテンションが爆上がりで変な踊りを踊っている。

「生き神様！　次は私を浄化してください！」

「その次は僕を！」

「俺もお願いします！　生き神様ー！」

あっという間に、七、八十人もの領民全員と思われる集団に囲まれてしまった。

「あっ、いやっ、ちょっ……」

「皆さま、順番通りにお並びください！　ユチ様は全ての方に御業を授けてくださいます！」

「「はい！」」

ルージュの号令で、領民はいっせいに一列に並ぶ。村が歓喜に包まれる中、俺は領民たちを浄化していった。


【生き神様の領地のまとめ】

◆大賢者ソロモン
伝説の古文書に書かれていた、古の超魔法を扱える唯一無二の大賢者。

世界にふたりといない、無詠唱(むえいしょう)魔法の使い手。

古の魔法を研究しているうち、体が幼児化してしまった。
瘴気のせいで弱っていたが、ユチのおかげでかつてのパワーを取り戻した。
人生はもう終盤だが、超魔法の爽快感にハマりつつある。
推定年齢数百歳のロリババア。

◆デサーレチの領民たち
劣悪な環境下でも、毎日逞しく生きていた善良な人たち。
総勢八十人。
瘴気に汚染され弱っていたが、ユチのおかげで復活した。
新しい生活の始まりに胸がワクワクしている。

□□□

「ゲッホオオオオ！　ガッハアアアア！　咳が止まらんなあああ！」

ゴミ愚息を追い出してから少しして、突然咳き込むようになった。咳だけではない、お湯が沸きそうな程の高い熱を出し、頭蓋骨が割れるほどに頭は痛く、胃はねじ切れるように痛み、心臓は張り裂けそうになり、関節に至ってはわずかに動かすだけで悲鳴をあげる……身体の不調を挙げればキリがなかった。はっきり言って気絶しそうなほど苦しい。

「ク、クッテネルングウウウウ。どこにいるうううう。さっさと来ないかあああああ」

「はぁぁぁぁ……はぁぁぁぁ……こ、ここだぁぁぁぁ……」

しばらく呼んでいると、クッテネルングがノロノロやってきた。見るからに具合が悪そうだ。顔は熱っぽく息も絶え絶えで、ダラダラと脂汗をかいている。歩いた跡が絨毯のシミになっていた。

「なんだああああ。貴様も体調が悪いのかああああぁ」

「オ、オヤジこそ具合が悪そうじゃないかぁぁぁ」

ふたりでハアハアしていると、使用人がやってきた。ビクビクしながら歩いてくる。まるで、何か汚い物を避けようとしているみたいだ。

「だ、旦那様、クッテネルング様、お休みになられていた方が……」

使用人は私たちを見ると、ゾッとした顔をした。その無礼な態度で猛烈に腹が立つ。

「貴様あああ！　なんだ、その顔はあああああ！　失礼にもほどがあるだろうがあああああ！」

「ハンサムな僕ちゃまにはもっとかわいい顔を見せろぉぉぉ」

「も、申し訳ございません！　旦那様が瘴気まみれになっておりまして！　すぐに医術師を……！」

使用人まで瘴気がうんぬんと言っている。無論、そんな物はどこにもない。部屋の中は至って正常、それどころか清潔極まりない。

「だから、瘴気などどこにもないではないかあああ！」

「お前まで僕ちゃまたちを馬鹿にするのかぁぁぁ」

私たちが近づくとすごい勢いで後ずさる。

「け、決してそのようなことではなくて、本当に瘴気が……！」

「黙れえぇぇぇ！　さっさと食事の用意をしろおおお！」

「か、かしこまりました！」

使用人は大慌てで出ていった。

「まったく、どいつもこいつも使えんなあああ！　それでもサンクアリ家の使用人かああああ！　ゲッホオオオオ！」

「次期当主の僕ちゃまにはもっと敬意を持って接しろぉぉぉ……ガッハァァァ」

興奮したせいか、フラフラしてきた。私とクッテネルングはふたりそろって咳込みまくる。肺が壊れそうなほど痛かった。早く横になって休みたい。だが、寝込んでいるわけにはいかなかった。これから大事な商談があるのだ。

「ゲッハアアア……こ、こんなことをしている場合ではないいいい……クッテネルングウウウウ、準備しろおおおお」

「わ、わかってるよぉぉぉ……ゲホォォォ」

　フラフラする身体に鞭打って準備を進める。今日の相手はオーガスト王国のセリアウス侯爵だ。王族とも繋がりのある有力者であり、我が領地で収穫した作物の重要な取引相手だった。半分以上買ってくれているので上客も上客だ。今日はクッテネルングを次期当主として紹介する、ものすごく大切な日だった。

「いいかあああ、クッテネルングウウウ。絶対に失礼のないようにしろよおおおお。お前を売り込めばサンクアリ家の評価も上がるのだあああ」

「わ、わかってるよぉぉぉ。大丈夫だってぇぇぇ」

　クッテネルングの目は虚ろで、アンデッドのなりかけのようだ。こんなんじゃ上手くいくことも上手くいかない。せめて化粧だけでもした方がいいかもしれない。

「セ、セリアウス侯爵様がいらっしゃいました！」

　使用人が玄関の方で叫んでいる。クソッ、もう着いてしまったか。もう少し休んでいたかったが仕方ない。

「い、行くぞおおお。クッテネルングウウウウ」

「あ、あぁぁぁ。わかってるよぉぉぉ」

　私たちは足を引きずりながら玄関へ向かう。ちょうど、セリアウス侯爵の馬車が着いたところだった。

「ようこそおいでくださいましたあああ。セリアウス侯爵うううう。こちらは息子のクッテネルングでございますうううう」

「ク、クッテネルングと申しますぅぅぅ。以後お見知りおきをぉぉぉ」

セリアウス侯爵は細身で背が高い。美男子のなごりが残っていて、私より年上なのに若く見える。

「これはこれはエラブル殿。今日はお忙しいところ……ぐっ！」

セリアウス侯爵はうっ！　と一瞬顔をしかめた。だが、次の瞬間には真顔に戻った。私の見間違いだろう。

「どうかなさいましたかああああ？」

「い、いや、今日の取引はやめておきましょう。エラブル殿も体調が悪いようですからな。クッテネルング殿も汗がダラダラではありませんか」

「ご心配なくうううう。私たちは健康ですうううう」

「僕ちゃまは汗っかきなんですよぉぉぉ」

私たちはセリアウス侯爵を半ば無理矢理招き入れる。

「さあ、立ち話もなんですので中にお入りくださいいいいい」

「準備も整っておりますよぉぉぉ」

「あっ、ちょっと！　エラブル殿、クッテネルング殿！」

一度屋敷に入れてしまえばこっちのもんだ。いつものように、調度品を自慢しながら応接室へ案内する。

「……この壺は最近発掘された遺跡の物でええええ、こっちの皿はあああ……」

「は、はあ、相変わらず素晴らしいですな」

なぜかセリアウス侯爵もやたらビクビクしていた。そう、まるで汚い物を避けるかのように。

「さあ、部屋に着きましたぞおおお、セリアウス侯爵ううう」

応接室に招き入れても、セリアウス侯爵は険しい表情のままだった。おそらく、さっきの使えない使用人が失礼を働いたのだろう。後で叱りつけておかねばならん。

「では、こちらの椅子にお座りくださいいいいい」

「え、ええ……」

「本日の商談の件でございますがあああ……」

突然、私とクッテネルングは咳が止まらなくなった。

「ゴッホオオオオ！　ブホオオオオ！　ゲッフウウウウ！」

「ゴホゴホゴホォォォ。ブヘェェェ」

「うわあ！」

セリアウス侯爵は大慌てで身を引く。汚物を見るような目でこちらを見ていた。

「申し訳ございませんなあああ。朝から咳が止まらなくてええええ」

「たいしたことはないので、お気になさらずぅぅぅ」

セリアウス侯爵は硬い表情で顔をしかめている。きっと、私たちの体調を気遣ってくれているのだろう。

「……」

セリアウス侯爵は口を真一文字に閉じていた。厳しい表情のまま押し黙っている。

「ど、どうされたのですかあああ？　さっそく、商談の方をおおお……」

「……貴殿との取引を全て解消させていただきたい」

その口から出てきた言葉は、想像もしないことだった。

「セ、セリアウス侯爵ううう？　いったいどうされたのですかあああ？」

「人を瘴気の中に連れ込んでおいて、よくもそんなことが言えますな」

セリアウス侯爵まで瘴気がどうのこうのと言っている。

「どこに瘴気があるのですかあああ？」

「僕ちゃまにも見えませんよぉぉぉ」

「ですから！　そこら中にはびこっているじゃないですか⁉　あなたたちの体にも！　本当に見えないのですか⁉」

あたりを見回すがそんな物は何もなかった。もちろん、私たちの体にもない。いきなりどうしたのだ？　ポカンとしていると、セリアウス侯爵はさらに言葉を続ける。

「屋敷の管理もできない人とは、大切な商売の取引などできるはずもありません。話し方もおかしいし、貴殿のような変人と取引をしていた私が愚かだった。もうこの瘴気屋敷に来ることもないでしょう」

セリアウス侯爵は逃げるように出て行くと、あっという間に帰ってしまった。取り残された私たちは呆然と佇む。しょ、商談が失敗……？　セリアウス侯爵はもう二度と来ないと言っていた。……領地の収入はどうなってしまうのだ？　脂汗とは別に、冷や汗が溢れてくる。私の対応に落ち度はなかった。普段と違ったのは……。

「クッテネルングウウウウ！　貴様が虚ろな目をしているからだあああ！　責任とれええええ！」

「や、やめてくれぇぇぇ。僕ちゃまのどこが悪いんだよぉぉぉ。というか、父ちゃまのせいだろぉぉぉ」

私たちは取っ組み合いの喧嘩を始めた。だが、体力は底をついているので、まともな喧嘩にはならない。少し戦っただけですぐに疲れ果ててしまった。クッテネルングと一緒に床に転がる。

「ち、ちくしょうぅぅぅ。クソ兄者めぇぇぇ。自分だけノコノコ逃げやがってぇぇぇ」

クッテネルングのボヤキを聞いた時、私は全てを理解した。

「そうだあああ！　これも全部ユチのせいだあああ！　あのゴミ愚息めえええええ！」

思い返せば、ユチを追放してからおかしくなった。あいつは出て行く時、何か魔法をかけていったに違いない。その晩からどうやってゴミ愚息に復讐してやろうか考えだした。

□□□

「さてと、まずは領地を見てみないとな。ひと通り歩いてみるか」

「私もお供いたします、ユチ様」

瘴気に憑(と)りつかれた領民は、みんな浄化できた。だが、いくら領民が元気でも食料を確保しないとまずい。デサーレチは辺境にあるから、自給自足が必須だ。

「お待ちくださいませ、生き神様！」

歩き出したところで、ソロモンさんが走ってきた。大賢者なのに走るフォームがとても美しい。初対面のヨボヨボ婆さんとはまるで違った。

「ワシが領地を案内させていただきますぞ。せっかく、生き神様に見ていただくわけですからな。これくらいしないと申し訳なくて仕方ないですじゃ」

「あ、ありがとうございます。じゃあお願いできますか。それと、生き神様って言うのをやめていただきたいのですが……」

「承知しましたですじゃ、生き神様」

たぶんそうだろうと思っていたが、ソロモンさんは承知してくれなかった。呼び名の件はまた今度話し合うか。生き神様とか言われると、恥ずかしくて仕方ないのだ。ソロモンさんに案内され、領地を歩くこととする。

「村の中もやっぱり荒れ果てていますね。建物も傷んでいるし、地面もひび割れているし……」

小さな瘴気がチラホラある。その周りが特に傷んでいた。そのうち、瘴気の出どころも探さねぇとな。

「まずは、村の畑にご案内しますじゃ。ワシらの貴重な食糧でしてな。生き神様には、ぜひ見ていただきたいのですじゃ」

「はい、お願いします」

いっそのこと、領地全部を聖域化しちまうか。どうせ、ここは俺の領地なんだ。それくらい問題ないだろ。俺は魔力を込めながら、歩を進める。

「ユチ様、後ろをご覧くださいませ」

「うん？　後ろ？」

ルージュに言われ、後ろを見る。

「え……何これ」

気がついたら、俺が歩いたところはめっちゃ緑豊かになっていた。フサッフサの草が生えていて、寝転がるとすぐに眠れそうだ。黄色や赤色の小さい花まで咲いている。キラキラエフェクトまで出ていて、特別感が溢れ出ていた。そこら辺に生えている花ですら、サンクアリ家で育てている物よりすごそうだ。

「歩くだけで大地が浄化されておる！　これぞ生き神様の御業じゃー！」

ソロモンさんが騒ぎ出して、農民っぽい格好をした若い領民が十五人くらい集まってきた。

「みんな見ろよ！　地面に草が生えているぞ！」

「こんなに緑豊かになったのは初めてじゃないか⁉」

「こっちにはかわいい花が咲いているわ！　これも全部生き神様のおかげね！」

領民たちはそれはそれはありがたそうに、草や花の匂いを嗅いでいる。

「俺はちょっと魔力を込めただけなのに……」

「ユチ様のスキルは途方もなく強力なのでございます」

それにしても、俺のスキルはこんなに効果があるのか。実家にいた時は、ここまでじゃなかった。床が少しキレイになるくらいだった気がする。そのうち、見渡す限りの広い畑に出てきた。端から端を歩くだけで、数十分はかかりそうなくらい広大だ。

「あっ、畑だ」

「これもまたクソ畑でございますね」

「ル、ルージュ、そういうことは……」

目の前の畑は大きいことは大きい。だが、ここの土もひび割れていて、作物も申し訳程度にしか生えていなかった。一応、いろんな種類が植わっているようだ。見た感じ、米とか小麦、トマト、レタスなどだ。どれもヒョロヒョロでやせ細っている。栄養なんてまるでなさそうだ。

「この畑で育つ作物が、ワシらの貴重な食糧でございます。ですが、なにぶん育ちが悪く……まともな作物が育たないのですわ。ワシらはもはや諦めて、死の畑デスガーデンと呼んでおります」

ソロモンさんは、がっかりした感じでうつむく。

「ワシらも必死に水をやったり、肥料をやったりしてはいるんですがの……これが精一杯なんですじゃ。ワシの魔法でさえ瘴気には効果がないのですわ」

お決まりの瘴気がうじゃうじゃはびこっていた。我が物顔で土の上を這いずり回っている。作物にもしがみついたりしてやりたい放題だ。これじゃ、いくら手間暇かけても育つわけがない。

——まったく、憎たらしい瘴気どもだな。

ちょうど今は、畑担当の領民もいないみたいだし。静かに浄化できそうだな。

「皆さま！　ただいまより、ユチ様が畑を浄化してくださいます！　ぜひ、その御業をご覧くださいませ！」

「え、いや、ちょっ、ルージュ！　やめなさいって！」

と、思ったら、ルージュが演説し始めた。よく通る声を張り上げる。

「おい、みんな！　生き神様が御業を見せてくれるってよ！」

「こうしちゃいられねえ！　急いで畑に行くぞ！」

「生き神様の御業なんて、他のどんな作業より優先しないとな！」

瞬く間に、二十人くらいの領民が追加で集合してきた。家族総出で来ているのか、子どもたちのハイテンションな歓声が湧き上がる。ルージュのせいで、静かに浄化する作戦が台無しになった。いつの間にか、ルージュは大きな石の上に立っている。どうして、そう都合よく台があるんだ。みんな、キラキラした目で俺を見る。それはそれは期待のこもった瞳だ。

「じゃ、じゃあ、とりあえず歩いてみますかね」

俺は魔力を込めながら畑を歩く。瘴気どもは慌ててジリジリと逃げる。だが、俺が近くに行くと苦しそうに消えていった。そして、歩いたところは一瞬で作物が育っていく。あんなにしなびていたのに、俺の背丈くらいまでグングン伸びる。ソロモンさんを筆頭に、領民たちもめちゃくちゃ驚いていた。

「な、なんということじゃ……ワシがどんな魔法を使っても、不可能だったことが……こんな簡単に……」

ソロモンさんは、あんぐりと口を開けていた。俺はただ歩いているだけなのに、領民たちはうっとり見ている。

「生き神様は歩くお姿も神々しいです。ほら、坊や。あなたもあのような立派な人に育つのよ」

「こんなすごいこと、世界中でも絶対にここでしか見られねえよ」

「俺、感動しちゃったよ……涙が止まらねえや。デサーレチに住んでて本当によかった……」

領民の中には泣き出す者までいる。その中をただひとり歩く俺。それを満足げに眺めているルージュ。もはや、何らかのプレイだ。おまけに、畑は意外と広いのでなかなか浄化が終わらない。

「ユチ様、お疲れはございませんか⁉　何でしたら、私めがマッサージをいたします！　特製ミルクオイルをご用意しておりますよ！」

「しなくていいからね！」

やがて、畑はジャングルみたいに作物で溢れかえった。ついさっきまでは余裕で畑の端っこまで、何なら水平線まで見渡せたのに今は全然見えない。視界の全てが豊かに実った作物で覆われていた。歓喜の声が鳴り響く。

「す、すごい！　今までこんなに作物が育つことなんてなかったのに！」

「どれもこれも、なんて美味しそうなんだ！」

「ゆ、夢じゃねえよな！　……いてっ！　夢じゃない……夢じゃねえよー！」

さっそく、領民たちは作物の収穫を始めた。

「生っき神っ様のおっかげでっ！　ワシらの人っ生っ！　あっかるくなーる！　わー！」

ソロモンさんはまた謎の踊りを踊っていた。みんな、本当に嬉しいのだろう。涙を流しながらの収穫だ。

「畑の作物は後で見せてもらうとするか」

「ユチ様も今日はお疲れでしょう。ゆっくりお休みくださいませ」

嬉しそうな領民たちを邪魔しちゃ悪い。待ちに待った収穫だからな。俺たちは静かに畑を後にする。とりま、食糧問題はなんとかなりそうだ。

□□□

「ユチ様、先ほどはお疲れ様でございました。さあ、そこに横になってくださいまし」

「いや、もういいから……」

その後、俺はあてがわれた家でルージュのマッサージを受けていた。というより、俺の体はヌルヌルにされている。なんでも、彼女が開発した特製のオイルらしい。おまけに、服はほとんどルージュに脱がされてしまった。パンツ一枚でなんとか下半身を死守している状況だ。

「さあ、まだまだこれからでございますよ」

ルージュは半裸の俺をこれでもかと揉みこむ。確かに疲れは消えていく。だが、絵面（えづら）がヤバすぎるのだ。

「ああ、なんと嘆（なげ）かわしや。ユチ様のおみ足がこわばっております」

ルージュは額に手を当ててクラクラしている。まぁ、結構歩きはしたがそこまでじゃないだろ。

「いや、ほんと大丈夫だから」

「ユチ様、まだ終わっておりませぬ」

一瞬の隙をついて逃げようとするが、すぐに捕まってしまった。さすがはＳランクの元冒険者だ。

「ただ歩いただけだから、そんなに疲れてないからね」

「何をおっしゃいますか。ユチ様は全世界の宝ですので、常にケアが必要なのですよ」

ルージュは嬉々として、俺の体を撫でまわす。手つきが非常に怪しい。かなり際どいところを攻めてくる。こんなところを領民に見られたら、変なウワサが立ちそうだった。着任早々、悪趣味な領主ってことになっちまう。俺はそんなの絶対にイヤだぞ。

「生き神様、収穫した作物を見てくださいな！　畑がとんでもないことになっておりますのじゃ！」

いきなり、ソロモンさんが家に入ってきた。俺たちを見てギョッとしている。目がバシャバシャ泳ぎまくっていた。

「あっ！　こ、これはただのマッサージでして……」

「いいえ、ユチ様専用のト・ク・ベ・ツ・なマッサージでございます」

「これは失礼いたしました。せっかくのところをお邪魔してしまいましたな。どうぞお楽しみくださいですじゃ。では、お邪魔虫はこれにて失礼……」

「ちょーっと待ってください！」

さっさと出て行きそうなソロモンさんを慌てて呼び止めた。何としてでも誤解を解かねばまずい。

「大丈夫、わかっておりますぞ！　こう見えても、ワシはいろいろ経験しておりますのじゃ！」

ソロモンさんはウインクしながらグッジョブしてきた。誇らしいほどのドヤ顔だ。

「ソ、ソロモンさん！　わかってないです！」

「さ！　そんなことより、生き神様もお早く！」

「あっ、いやっ、ちょっ……！　せめて、服を……！」

「ユチ様はそのままでも素敵でございます」

「いや、そうじゃなくてね！」

結局、俺はほとんど裸でオイルまみれのまま畑に駆り出された。

「え……ウソでしょ……」

「ユチ様……あのクソ畑が楽園のようになっております」

畑に出た時、俺たちはとにかく驚いた。恐ろしく豊かになっているのだ。米はずっしりと実り、トマトは光り輝き、レタスなんかは水も滴るほど瑞々（みずみず）しい。中でも特筆すべきは、その成長速度だった。どの作物もグングングングン育っている。まるで、ちょっとしたジャングルみたいだ。

「ええ、すご……」

「まさか、これほどとは……」

領民たちが採っても採っても、すぐに新しい作物が育っていく。ワンチャン無限に収穫できるんじゃなかろうか。そんなことあり得ないのだが、本当にそう思うほどだった。やがて、領民たちがこちらに気づいた。

「生き神様、そのオイルも御業の賜物ですか⁉」

「おお、ありがたや、ありがたや！」

「私たちにも触らせてくださいませんか？」

総勢三十人ほどの領民に囲まれ、四方八方から手が伸びてくる。それを避けるのは至難の業だった。ソロモンさんも俺の手を握ってブンブンと振り回す。

「あのしなびた畑が、今やこんなに豊かな畑になりました。これも全部、領主様の御業のおかげですじゃ」

そのうち、領民たちが両手にいっぱいの作物を持ってきた。

「生き神様！　御業のおかげで大豊作でございますよ！　こんなことは村の歴史上でも初めてです！」

「紛れもない奇跡でございます！」

「見てください、これが採れた作物ですよ！」

俺は裸のオイルまみれだが、そんなことはどうでもいいらしい。領民たちが差し出した作物を見て、俺たちはさらに驚いた。

「いや、マジか……」

「これほどとは、私めも予想しておりませんでした」

そこには激レア作物がてんこ盛りだった。

〈フレイムトマト〉
レア度：★8
燃えたぎる炎のように赤いトマト。食べると少しずつ炎に強くなっていく。耐性力が最高まで上がると、溶岩の中を泳いでも火傷しないほどになる。

〈ムーン人参（にんじん）〉
レア度：★7
月で栽培されていたと伝わる人参。食べると体が軽くなり、数時間空を飛ぶことも可能。

〈フレッシュブルレタス〉
レア度：★8
水が滴るほど瑞々しさに溢れているレタス。一枚食べるだけで、一日分の水分を補給できる。

〈電々ナス〉
レア度：★9
弱い雷をまとったナス。食すとその魔力によって、身体が軽快に動くようになっていく。

〈原初の古代米〉
レア度：★10
古代世紀に絶滅したとされていた米。今は古代大陸の奥地にわずかに生息しているとされている。体に元々備わる治癒力を増強し、食べるたび不老不死に近づいていく。火を通すと腐らなくなるので、保存食としても優れている。

「この畑だけでどれくらいの価値があるんだ……こんなの王都でも手に入らないぞ。しかも、こんなにたくさんあるなんて」
「もしかしたら、どこからか種が飛んできたのかもしれませんね」

普通の作物のレア度は1とか2だ。6を超えて、ようやく王族に献上されるレベルになる。とんでもない高ランクの作物ばかりだった。

「「今日採れたこれらは、全て生き神様への供物でございます！」」

「え⁉」

領民たちは俺に作物を押しつけてくる。全部食え、ということらしい。

「い、いや、せっかくなので、みんなで食べましょうよ」

「なんと、生き神様は私たちにも恵んでくださるのですか⁉」

「あなた様はどこまで慈悲深いお方なんですか⁉」

「これぞ我らが生き神様です！」

急遽、収穫した作物を使ってどんちゃん騒ぎが開かれることになった。

「生き神様、ここでは貴重なキレイな水でございますじゃ。どうぞお飲みくださいですじゃ」

ソロモンさんが透明な水を持ってきてくれた。と言っても、何の変哲もない普通の水だ。

「ありがとうございます。貴重なキレイな水って、どういうことですか？」

「このあたりには水源があるんですがな。いつも汚れているのですじゃ」

マジか、そりゃ大変だわな。

「でしたら、早めにその水源ごと浄化しないとですね」

「ぜひともお願いしますじゃ！　水不足でほとほと困っておりましての！」

やがて宴も終わり、俺たちは家に帰ってきた。

「じゃあ、そろそろ寝るかな。お休み、ルージュ」

「お休みなさいませ、ユチ様」

領主として追放されたけど、この調子ならなんとかなりそうだな。領民たちもみんないい人そうだし。むしろ、実家から追い出されてよかったぜ。俺は心地よい眠りに落ちていく。

……ちょっと待て。

「いや、なんで、俺のベッドに入っているの？」

「それはもちろん、護衛のためでございます」

ルージュはいつの間にかメイド服のパジャマ版みたいな服に着替え、俺にピッタリくっついている。彼女の部屋もあるはずなのに……。

「やっぱりさ、別々に寝ようよ。だって、俺たちは別に……」

「お断りいたします。お休みなさいませ」

しかし、ピシリと断られてしまった。すぐさま、ルージュはスヤスヤと寝始める。こうなると、もうダメだ。彼女の意思でないと、目覚めることはない。着任早々、メイドを部屋にたらしこむなんて悪徳領主も甚だしい。だが、今日はもうしゃーねえ。その辺は明日なんとかしよう。そんなことを考えているうちに、いつの間にか俺も寝ていた。

【生き神様の領地のまとめ】
◆〝キレイな〟死の畑デスガーデン
村の中にある大きな畑。

領民が共同で耕している。

多種多様な作物が育っていたが、瘴気のせいでちっとも収穫できなかった。

ユチの聖域化により本来の貴重な作物が育つように。

成長スピードが異常に速く、ジャングルのような畑。

□□□

「こんにちはコン～って、何があったコン！　えええ⁉　ここがあのクソ土地で有名なデサーレチ⁉　えええ⁉」

俺とルージュが畑に行こうとした時だった。村の入り口で誰かが叫んでいる。

「ユチ様、来客のようでございます」

「へぇ～、こんなところにも誰か来るんだね」

「うるさいですね。追い返しますか？」

「いやいやいや！」

俺たちが入り口に行くと、十歳くらいの小さな女の子がポツンと立っていた。背丈はソロモンさんより小っちゃくて、もはや幼女みたいだ。少し大きめのリュックを背負っている。

「もしかして、迷子か？　だったら、心配だな。近くに親がいればいいけど……」

「子どもがひとりでうろついているのは、それはそれで怪しいでございます」

女の子は村の様子を見ては、しきりに驚いている。頭の上から、狐みたいな耳が生えていた。ということは、獣人の狐人族だ。

「こりゃぁ、おったまげたコン！　まさか、あのクソ土地がこんなことになるなんてコン！はぁ〜、おったまげたコン！」

俺は少し緊張しながら話しかける。

「あ、あの……何かご用ですかね？」

「え？　あんた誰コン？　こんなヒョロ男、今までいなかったような……ぐぎぃ！」

ルージュが女の子を片手でつまみ上げた。

「ユチ様にそのようなことをおっしゃるとは、いい度胸でございますね。子どもとはいえ、容赦はいたしません」

ルージュはめっちゃ冷たい目をしている。視線だけで殺せそうだった。

「あ、あちしはフォキシーというコン！　見ての通り、行商で生計を立てているコンよ！　こ

れでも二十五歳の立派な大人コン！　離してくれコン！」

「二十五歳⁉」

予想以上の年齢に驚く俺たち。こんな子どもっぽいのにそんな年上だったなんて……。フォキシーはジタバタして暴れているが、ルージュは知らぬ存ぜぬだった。

「ほ、ほら、ルージュ。この子も悪気があったわけじゃないんだからさ」

「……ユチ様がおっしゃるならば仕方ありませんね」

ルージュが下ろすとフォキシーはホッとしていた。そのまま、とりあえず家に案内する。

「ゲホッコン。あちしは王都にあるフォックス・ル・ナール商会の会長であるコンよ！」

フォキシーはドンッ！　と胸を張った。その名前は俺も聞いたことがある。

「フォックス・ル・ナール商会と言えば、王国でも三本の指に入るくらいだよな」

「本当にこのクソガキが商会長なのでしょうか？」

「ル、ルージュ⁉」

「ク、クソガキって言われたコン！　こう見えても、あちしは王宮入りの行商人でもあるコンよ！」

フォキシーは短い手足を振り回して怒っていた。

「え⁉　王宮入りってマジ⁉」

「マジだコン」

フォキシーは一枚の紙を見せてくれた。めちゃくちゃドヤ顔している。

「……ホントだ。王様の印が押してあるじゃん。王宮入りの商人なんて、初めて見たな」

「ありがたくしているといいコン……ぐぎぃ！」

「ほ、ほら、ルージュ！　持ち上げないでって！」

「……仕方ありませんね」

ルージュはフォキシーを下ろす。

「まったく、油断も隙もないコンね」

「あっ、そうだ。ちょうど作物がたくさん採れたんだが。いくつか買い取ってくれないか？」

しまっておいた作物を出す。〈フレイムトマト〉、〈ムーン人参〉、〈フレッシュブルレタス〉、〈雷々ナス〉、〈原初の古代米〉……。まぁ、今はこんなもんしかねえけど、しゃーねえよな。

「コッ……！」

フォキシーは目を見開いて絶句している。目玉が飛び出てきそうだ。というか、半分飛び出ていた。息も絶え絶えになるくらい興奮している。

「ど、どうした？」

「こ……これは……えらいこっちゃコンね」

そして、うちの畑で採れた作物がどれくらいすごいのか、めっちゃ早口で教えてくれた。身を思いっきり乗り出してくるので、俺の背中がギンギンにのけぞる。

「この〈フレイムトマト〉なんて、Aランクダンジョン〝ラーバの溶岩洞窟〟の最深部に行かないと手に入らないコンよ！」

「お、おお、そうだったんだ……」

「〈ムーン人参〉はBランクモンスターのキャロットラビットの住処にしかないから、採りに行くには袋叩きを覚悟しないといけないコン！」

「こ、こえ～」

「〈フレッシュブルレタス〉もAランクダンジョン〝ピンターランドジャングル〟を奥に奥に奥に奥に行って、ようやくゲットできるコン！」

「め、めっちゃ奥地にあるんだね」

「こっちの〈電々ナス〉は生息地にSランクモンスターの雷電ドレイクが棲んでいるせいで、滅多に手に入らないコン！　採取に向かった冒険者だって何人も死んでいるコンよ！」

「そ、そいつはヤバいじゃないか」

「〈原初の古代米〉にいたっては、古代大陸にしか育っていないコン！　どうして、ここにあるんだコン！」

フォキシーは感動しているようで、目がウルウルしている。レアな作物だとは知っていたが、まさかそこまでとはな。

「ど、どうやって、手に入れたコンか？　しかも、こんなに状態のいい物を……」

「普通にそこの畑で採れるよ」

「え⁉　えええええ⁉　畑で採れるって、えええええ⁉」

フォキシーはさらに驚きまくる。いや、これ以上驚けるってすげえな。

「み、み、み、見せていただいてもよろしいコンか？」

「ああいいよ」

「ユチ様に失礼なことはしないように」

俺たちはフォキシーを畑に連れていった。領民たちがせっせと収穫している。相変わらずジャングルみたいになっていた。

「まぁ、見ての通りだな。ぶっちゃけ、採っても採っても減らないんだ」

いきなり、フォキシーはへにゃへにゃと座り込んでしまった。

「お、おい、どうした。大丈夫か？」

「こ、腰が抜けてしまったコン。これは……とんでもない畑でコンよ」

ふーん、デサーレチは思っていたよりすごかったんだな。ということで、余っている作物は買ってもらうことにした。

「〈フレイムトマト〉はひとつ２００万エーン、〈ムーン人参〉は一本80万エーン、〈フレッシュブルレタス〉は一個１５０万エーン、〈電々ナス〉はひとつ３００万エーン、〈原初の古代米〉は一ギラム35万エーンでいいコンか……？」

当然のようにとんでもなく高い金額を言ってきたので、めちゃくちゃビビった。

「たっか！　いくら何でも高すぎだろ⁉」

「いいえコン！　商売に限っては、あちしはふざけたことはないコンよ！　適正も適正の価格を提示しているコン！」

フォキシーは真剣なようだ。確かに、王宮入りの商人がウソを吐くとも思えない。

「ル、ルージュ、本当にそんな高値で買ってくれるのかな」

「信じてもよろしいかと」

「じゃ、じゃあ売ろうかな」

「ありがとうコン！　これであちしは大儲けコンよ！」

フォキシーは両手を上げて喜んでいる。

「そ、それで、作物はこのまま渡しちゃっていいのか？」

フォキシーは適度な大きさのリュックしか持っていない。どうやって持って帰るのだろう。

「そのままいただきたいコン！　あちしは収納スキルを持ってるコンから簡単に運べるコン。今、お金渡すコンね」

フォキシーは不思議な空間からお金を出した。ドサッと札束を置いて、その代わりに作物をしまっていく。

「それでは、あちしはこれで失礼するコンよ。また来るコン」

フォキシーは、ほっくほくの顔をしている。いい品が手に入って嬉しいようだ。

「ああ、気をつけて帰れよ」

「お帰りなさいませ。次来る時は礼儀をわきまえるように」

「ちょっと待ちたまえ、行商人のお方」

フォキシーが出て行こうとしたら、ソロモンさんが出てきた。

「え、このガキは誰コンか？」

「フォキシー！」

「ソロモン様に対してなんて無礼な態度でしょうか。もう私めは見過ごせません」

彼女の失礼すぎる発言にルージュの目が一段と怖くなった。

「ぐぎぃっ！　ちょ、ちょっと待てコン！　ソロモンってあの伝説の大賢者のことコンか⁉」

「ああ、そうじゃよ。久しぶりじゃの、フォキシー殿」

ソロモンさんは気にもせず、ふぉっふぉっふぉと笑っている。ルージュから下ろしてもらったフォキシーは、未だに信じられないようだった。

「ヨボヨボの婆ちゃんじゃなかったコンか？　どうしてそんなかわいい幼女になったコン」

「生き神様がワシにくっついていた瘴気を浄化してくれたのじゃ。今では古の超魔法も自由に使えるんじゃよ」

「そうだったコンかぁ。ユチ殿は想像以上にすごい領主なんだコンね」

本人から説明を受けて、フォキシーはようやく納得した。

「どれ、せっかくだから古の超魔法を見せてしんぜよう」

和やかな雰囲気になっていたら、突然ソロモンさんが言い出した。

「ま、待ってください！　こんなところで超魔法を使ったら……！」

「古の超魔法【エンシェント・フェアリーダンス】」

ソロモンの杖から、何体もの光の妖精が出てくる。ふわふわとしばらくダンスを踊ると、白い光のベールとなって消えていった。

「なんて美しい魔法なんだコン……あちしは深い感銘を受けているコンよ……！」

よかった、攻撃系のじゃなくて。フォキシーは感動しきりだったが、俺は静かに安心していた。

「ほれ、フォキシー殿。これを持っていきなされ」

ソロモンさんは一枚の札をフォキシーに渡す。

「この紙は何コンか？」

「ワシが開発した魔法札じゃよ。転送の印が刻まれているから、破くとここに転送されるぞよ」

「これはまた、素晴らしいおもてなしをありがとうコン。それでは、今度こそ失礼するコン」

「お待ちなさい、フォキシー殿」

またもやソロモンさんが止める。

「ワシが王都まで転送してしんぜようぞ」

「て……転送までしてくれるコンか⁉　……こんなに待遇のいい村だったなんて、知らなったコン」

フォキシーは深く感動しているようだ。涙をダラダラ流している。

「これも全部、こちらにいらっしゃるユチ様のおかげでございます。王都へ帰ったらいろんな人に言いなさい」

「ル、ルージュ⁉　そういうのはいいから……！」

「了解したコン！　こんなに素晴らしいおもてなしをしてくれたコンから、それくらいはお安い御用だコン！」

「古の超魔法【エンシェント・テレポート】！　この者を王都に送りたまえ！」

というこことで、フォキシーは笑顔で王都に転送された。ソロモンさんは満足げな表情だ。それどころか爽やかな汗までかいている。

「ありがとうございます、ソロモンさん。魔法札だけじゃなく、超魔法まで使っていただいて。あと、作物たちをかなり高く買ってくれました。これ、売れたお金です。村のために使ってもらえませんか？」

「ああ、そうでございましたか。では、ありがたくいただきますかの。ですが、お礼を言うのはワシの方なのですじゃ」

ソロモンさんは服の中に金をしまうと、真剣な表情で告げた。

「え？　どういうことですか？」

別に、感謝されるようなことはしていないのだが……。

「古の超魔法は気分がスカッとするのですじゃ。しかし、やっぱり攻撃魔法の方がいいですな。どれ、モンスターどもはおらんかな。一発ぶっ放したいのですが……」

ソロモンさんはワクワクした感じで荒れ地の方を見ている。あの超魔法をぶっ放なされたら、村まで吹っ飛びかねない。

「ま、まぁ、それはまた今度でお願いしますね」

「いやぁ、あんなに素晴らしい村だとは思わなかったコン」
フォキシーは上機嫌で王宮に向かっていた。こんなに商売が上手くいったことは、今回が初めてだった。道に迷い予定のルートから外れた時はどうなるかと思っていたが、怪我の功名というヤツだ。
「過去最高の売上になるのは間違いないコンね」
何と言っても、最高品質のレア作物を大量に確保できた。王宮であれば買値の三倍で売れる。

「それどころか、王都まで転送してくれるなんて……こんなの初めてだコンよ」

おまけに、転送費用はタダ。魔法札までいただいてしまった。未だに、フォキシーはその破格の待遇に震えていた。

――こりゃあもう、宣伝しまくるしかないコンね。

「知ってるかコン？　クソ土地と言われてたデサーレチは、とんでもない豊かな土地だったコン。中でも領主のユチ殿は……」

フォキシーはデサーレチの話を、王宮はおろか王都の商店街まで言いに言いまくった。住民たちはその話を興味深く聞いては感嘆する。そして、ウワサはサンクアリ家にも届くのであった。

第二章：領地の発展と盗賊団の襲来

「ゲッへェェェ。ブエェェェ。こ、こんなにしつこい風邪は始めてだぁぁぁ」

全然身体が治らない。頭はいつも熱でぼんやりしているし、目はチカチカしていて、少し動いただけでものすごく疲れた。よくなるどころか、毎日悪くなっている気がする。どうして治らないんだ。一日六回のおやつだって五回に減らしているし、苦い薬だって砂糖をたくさん入れて甘くして頑張って飲んでいるのに……。でも、僕ちゃまは朝からウキウキしていた。

「今日はシャロンちゃんと初めて会う日だぁぁぁ～。実物はどんなにかわいいのか楽しみだなぁぁぁ～」

僕ちゃまの婚約者――ポリティィカ男爵家のシャロンちゃん。十四歳になった時、父ちゃまが見つけてきてくれた。まだ肖像画しか見たことないけど、僕ちゃまの好みにピッタリだった。透き通るような白い肌に、眩しいくらいの金髪。くるりとしたブルーの瞳が本当にかわいい。気がついたら、デへへへェェェと涎が出ていた。

「クッテネルング様、シャロン様がお着きになりました」

シャロンちゃんが着いたと聞いて、身体の不調が吹っ飛んだように軽くなる。ルンルンしながら玄関へ向かった。こぢんまりとした馬車から、妖精みたいな女の子が降りてくる。肖像画で見たよりもずっと儚い雰囲気だった。

「ク、クッテネルング様……お初にお目にかかります……シャロン・ポリティカでございます……」

うっひょー、なんてかわいい声なんだ。小鳥がさえずるような声って、こういうことを言うんだな。もっと聞きたくなる。

「僕ちゃまはサンクアリ家のクッテネルングだぁぁぁ。よろしくぅぅぅ」

「は、はい……よろしくお願いいたします……」

シャロンちゃんの表情は暗い。きっと、僕ちゃまに会うのが待ち遠しくて、待ちくたびれてしまったのだろう。使用人たちも哀れみの表情でシャロンちゃんを見ている。でも、もう大丈夫だ。僕ちゃまはここにいるぞ。

「お、お父様、本当に行かなくてはいけませんの……！」

「シャロン。私も悪いと思っている。頼む、ポリティカ男爵家のために頑張ってくれ」

シャロンちゃんとポリティカ男爵は涙ながらに見つめ合っている。まるで、今生の別れみたいな雰囲気だ。何も今日結婚するというわけでもないのに大袈裟だな。まぁ、僕ちゃまが幸せにするから安心してよ。

「……ぐすっ」

シャロンちゃんが涙を拭きながらやってくる。僕ちゃまに会えて、そんなに嬉しいんだね。

「さあぁぁぁ、外でお茶でも飲もうかぁぁぁ」

「は、はい……ぐすっ」

　僕ちゃまはテラスに案内する。屋敷の部屋でお茶会する予定だったけど気分が変わった。サンクアリ家の領地を見せびらかそう。しかし、テラスには何の用意もされていなかった。

「コラァァァ！　どういうことだぁぁぁ！　ちゃんとお茶の用意をしておけよぉぉぉ！」

　怒鳴り散らしていると、使用人たちが慌ててやってきた。

「ク、クッテネルング様⁉　しかし、お茶会はお部屋でやると昨日……！」

「なんだぁぁぁ⁉　口答えするのかぁぁぁ⁉　貴様をクビにしてやってもいいんだぞぉぉぉ！」

「も、申し訳ございません！　今すぐ用意いたします！」

　怒鳴りながらもシャロンちゃんに向かって得意げな顔をして見せる。使用人に厳しい次期当主。カッコイイでしょ？　そのうち、使用人が大慌てでお茶やら軽食やらを持ってきた。相変わらず、シャロンちゃんを憐れんでいるようだ。だから、もうその必要はないんだよ。僕ちゃまに会えたんだからさ。ひと通り準備は整ったが、キャンディースティックがない。僕ちゃまのお気に入りのお菓子だ。

「おいぃぃぃ！　どうして、キャンディースティックがないんだよぉぉぉ！」

　僕ちゃまは使用人たちをめちゃくちゃに怒鳴りつける。シャロンちゃんにカッコイイところを見せるのだ。

「し、失礼いたしました、クッテネルング様。持って参りました」

ようやく、キャンディースティックがやってきた。

「あぁぁぁぁ、美味いなぁぁぁ」

僕ちゃまはキャンディースティックを、上から下まで思いっきり舐めまわす。シャロンちゃんが釘付けになっていた。食べ方のカッコよさに夢中になっているのだ。

「シャロンちゃんも食べるぅぅぅ？」

僕ちゃまは食べかけのキャンディースティックを差し出した。せっかくだから少し分けてあげる。これぞ紳士の振る舞いだ。だが、シャロンちゃんは石像のように固まった。

「い、いえっ……！　け、結構でございますわっ……！　あ、甘い物は控えておりますので……！」

顔の前で両手をブンブン振って断られた。そうか、そんなに甘い物が嫌いなのか。

「クッテネルング様……肖像画を拝見してから、ずっとお伝えできなかったことがありますの……ですが、今その決心がつきました……」

「何かなぁぁぁ？　シャロンちゃ～んんんん？」

さりげなく近寄ったけど、さささっと身を引かれた。そんなに気を使わなくてもいいのに。

「あ……」

だな。

「あぁぁぁ?」

シャロンちゃんは何かを言いかけたまま動かない。何やら、覚悟を決めているような気がする。そうだ、わかったぞ。あなた様のことが好きで好きでたまらないのです、って言いたいんだな。

——やれやれ、モテる男は辛いなぁぁぁ。

モテる僕ちゃまだが、こんなかわいい娘に面と向かって言われたら、さすがに緊張する。深呼吸して告白を受け止める準備をした。心なしか体調もよくなってきた気がするぞ。さあ、シャロンちゃん。思いっきり僕ちゃまの胸に飛び込んでおいで。

「あ……あなた様との婚約を破棄させていただきますわ!」

………え? 今なんて言った? 婚約破棄……?

「アハハハハァァァ、シャロンちゃんんんん。そんな冗談はよくないよぉぉぉ」

僕ちゃまは紳士だから怒ったりなんかしない。大丈夫わかっているよ。これは貴族ギャグだよね。シャロンちゃんは意外にもこういうギャグが好きらしい。

「じょ、冗談ではありませんわ! あなた様と結婚など……ぜ、絶対にイヤでございます!」

シャロンちゃんは、さらにキツい声で言ってきた。至って真剣な表情だ。ま、まさか……本気で言っているの……?

「シャロンちゃんんん、どうしてそんなことを言うのぉぉぉ? 僕ちゃまはサンクアリ伯爵家の次期当主で、〈ドラゴンテイマー〉のスキルだってあるんだよぉぉぉ」

「は、話し方も気持ち悪いですし、瘴気まみれで汚いですし、こんな方と結婚などしたくありません！」

「シャ、シャロンちゃんんんん？　だから、冗談はやめてってぇぇぇ……」

シャロンちゃんまで瘴気がうんぬんと言ってきた。長旅で幻覚を見てしまっているんだ。キスして目を覚まさせてあげないと。慌てて近づくけど、シャロンちゃんはすごい勢いで逃げる。

「近寄らないでくださいます⁉　汚くて仕方ありませんわ！」

ど、どうしよう……そうだ！　キャンディースティックをあげて機嫌を直してもらおう。ずいっとシャロンちゃんに差し出す。もちろん、僕ちゃまの唾でしっかりコーティングしてね。

「ほらぁぁぁ、シャロンちゃんんんん。美味しいお菓子だよぉぉぉ」

「もういやーーー！」

シャロンちゃんは猛スピードで玄関へ走っていく。だから、どうして逃げるのさ。僕ちゃまも痛む身体を引きずるようにして追いかける。

「ま、待ってよぉぉぉ、シャロンちゃんんんん、なんで婚約破棄しちゃうのぉぉぉ」

「ついてこないでー！　助けて、お父様ー！」

そのまま、ポリティカ男爵に抱きつく。

「お父様、ごめんなさい！　私もう耐えられません！　この方との結婚だけはできません！

お願いです、お家に帰らせてください！」

「シャロン！　私も悪かった！　辛い思いをさせてしまったな！　さあ、家に帰ろう！　クッテネルング殿！　この話はなかったことで！」

「ちょ、ちょっとポリティカ男爵ぅぅぅ、シャロンちゃんんんん」

馬車はシャロンちゃんたちを乗せると、あっという間に走り去っていく。僕ちゃまはポツンと取り残された。ぼんやりした頭では、何が起きているのかまったくわからない。モテる僕ちゃまがフラれるなんてあり得ない。いったい、どうして……？　そういえば、クソ兄者を追い出してからいろいろおかしくなってきているような……。その瞬間、賢い僕ちゃまは全てを理解した。

「そうだぁぁぁ！　クソ兄者だぁぁぁ！　出て行く時、変な魔法をかけたんだぁぁ！　そうに決まっているぅぅぅ！　父ちゃまも言っていたじゃないかぁぁぁ！」

今さら謝ってきても絶対に許さない。かわいいかわいいシャロンちゃんとの結婚を台無しにされたのだ。何があっても復讐してやるぞ！

□□□

「とりあえず、食糧はなんとかなりそうだけど飲み水がなぁ」

「おっしゃる通りでございます」

畑から作物は採れるわけだが、水はどうするかな。領民たちも喉が渇いたらキレイな水を飲みたいだろうし。

「ソロモンさん、みんなはどうやって飲み水を確保していたんですか？」

「一応、川があることにはあるのですが、ひどく汚れておりましてな。畑に使うくらいしかできなかったのですじゃ。ワシらは雨水を溜めてなんとか生き永らえておりました。ワシも身体が弱って、魔法が全然使えなかったですからな」

「そうだったんですか……それはまた大変でしたね」

ソロモンさんに案内され、デスガーデンの方向へ進む。広大な畑を抜け、さらに五分ほど歩くと俺たちは幅広の川に着いた。ここもまた荒れ放題で、川べりに草木は少しも生えておらず、砂利の混じった土がむき出しになっている。流れはゆったりしているけど、泳いで向こう岸へ渡るのは大人でも大変そうだ。まぁ、川幅が広いのもそうだが……。

「うっ……こいつはやべぇな」

「これほど汚いクソ川は、私めも初めてでございます」

「ワシらは死の川デスリバーと呼んでおりますじゃ」

村近くの川であるデスリバーは、黒っぽい茶色に汚れていた。まるで、大雨が降った後のようだ。だが、見ただけでその原因がわかる。思った通り、この川も瘴気まみれだ。だが、これだけ汚れているとなると……。

「たぶん、上流の水源がそもそも汚れているんじゃないですか？」

「さすがは、生き神様ですじゃ。おっしゃる通り、水源地が汚れているのです。しかし、近寄ろうとすると体が動かなくなってきてどうにもならんのですじゃ。川の水源地は、あの山の中にありますじゃ」

ソロモンさんは川の上流にある小高い山を指した。ここからでも木々の様子がよくわかるし、全体が視界にちょうど収まるくらいに見えるから、歩いても十分にたどり着けるだろう。ただ、そこもまた瘴気が漂っていてヤバそうだ。デスリバーの先っぽが消えているから、川沿いに進めば迷うことはないと思う。さっそく向かうわけだが、今度こそ静かに浄化したい。

「皆さま、お集まりください！　ただいまより、ユチ様が御業を披露してくださいますよ！」

「いやっ、ちょっ」

いきなり、ルージュが叫び出した。あっという間に、七、八人のそこそこたくさんの領民たちが集まってくる。そのせいで、〝水源地を静かに聖域化計画〟が一瞬で破綻した。

「生き神様！　御業を使われる時は教えてくださいよ！　毎日楽しみにしているんですから！」

「生き神様の御業を見るだけで、私たちは元気になるんです！」

「おい、みんな！　作業を中断して、すぐに生き神様のところへ来るんだ！」

人が人を呼び、五人くらいのグループが三つほど追加される。ひと通り集まると、領民たちは勢揃いして並ぶ。結局、今回はオジサンオバサンと、若い男女が入り交じった二十人くらいの集団となった。みんな目がキラキラ。ここまでされたら、さすがに追い返したりはできない。

「じゃ、じゃあ、俺の後ろについてきてください」

どうせなら、ここら辺も聖域化しながら向かうか。全身に魔力をちょっと込めながら歩き出す。俺が歩いたところは、土が潤い、草が生え、花が咲き、どんどん様変わりしていく。

「なんて素晴らしい光景だ……これぞ神の力だな」

「生き神様こそ、神様の中の神様だ」

「同じ時代に生まれて本当によかった……」

領民たちの恍惚（こうこつ）とした声が聞こえてくる。そんなすごいことでもないと思うんだが……。村の中はあらかた聖域化できたけど、いずれは外の方も聖域化しないとなぁ。デサーレチは結構広いから、意外と大変かもしれんぞ。

領民の一団を連れてデスリバーの上流へ向かう。上に行くほど徐々に川幅も狭くなる。足を踏みしめ踏みしめ、ようやく森へたどり着いた。森の中も当然のごとく瘴気が立ち込めているわけだが、構わずスキルで浄化する。領民たちの感動する声に背中を押されながら歩いていると、ぽっかりと日が差し込む空間に出た。周囲の木々はまばらで、真ん中には泉がある。おそらく、これが水源の泉だ。ここまで来ると、デスリバーは穏やかな小川になっていた。なんだかんだ、デスリバーから小一時間はかかったような気がする。

「うっ……汚ねえ」

「これもまたクソ水源地でございますね」

俺が十人くらい両手両足を広げながら浮いても大丈夫そうな大きさだ。泉としてはちょっと小さめかな。中心部から、こんこんと水が湧き出ている。だが、瘴気が溜まりまくっていてもはや汚水だ。

「さっそくユチ様の御業をお見せくださいませ」

「よし」

と、なったところで、俺は少し迷った。どうやって聖域化しようかな。泉を丸ごと浄化しないと意味がない気がする。

「いかがされましたか、ユチ様。何かお悩みでございますか？」

「いや、どうやろうかなと思って」

「それならいい案がございます。泉の真ん中で御業を使われるのです」

確かに、それなら効果的だ。だが、しかし……。

「じゃ、じゃあ、みんなを向こうの方に追いやってくれるかな。さすがに恥ずかしいし」

小さいといっても、泉の真ん中は遠くにある。服を脱ぐ必要がありそうだ。

「何をおっしゃいますか、ユチ様！　ユチ様の御業を見られないなんて、悲しすぎて仕方ありません！」

ルージュが騒いでいると、領民たちも騒ぎ出した。

「生き神様！　私たちを追い払わないでください！」

「御業をぜひ見せてください！」

「一日一回は見ないと気が済まないんですよ！」

四方八方から必死に訴えられる。

「い、いや、でも服が……」

「ユチ様（生き神様）の魅力を感じるには、服などもはや不要でございます！」

力強い瞳で言われ断り切れなくなってしまった。領民たちが見守る中、俺は上衣を脱ぐ。下には何も着ていないので、もちろん裸だ。領民たちはうっとりした感じで、俺のことを見ている。

「ああ、なんて美しいのでしょう」

「本当に神様が人間の姿になったようだ」

「いつ見ても素晴らしい肉体だ」

そのまま、俺は泉の中に入っていく。冷たいが凍えるほどではなかった。深さは俺の腹くらいまでかな。湧き水が出てくるところに、一番瘴気が溜まっていた。そこからちぎれるようにして、ヤツらは川へ流れていく。魔力を込めていると、黒い塊が苦しみだした。苦しそうにプルプル震えている。

『ギギギギィ……！』

俺は早く終わらせたかった。老若男女に見つめられているので、恥ずかしくて仕方がない。まったく、さっさと消えろよな。

『ギギギギ……キャアアア！』

畑の時と同じように、瘴気はふわぁ……と消えちまった。すると、すぐに水にも変化が現れた。さっきまでの黒い汚水は消えて、透き通った水になっていく。水の吹き出し口を丸ごと聖域化したから、そこから新しく出てくる水も聖域化されているんだろう。瘴気に汚染された水を浄化しながら流れていく。

「みんな見ろ！　水がキレイになっていくぞ！」

「やったー！　これでいつでもキレイな水が飲めるぞー！　こんなことがあり得るのか⁉」

「なんという奇跡なんだ！」

俺は早くこのプレイから解放されたい。だが、まだ泉からは上がれない。念のため、もう少し聖域化させた方がいいかもしれない。

「皆さん、ご覧いただきましたか⁉　ユチ様の御業は、水にも効果的なのであります！」

すかさず、ルージュが演説を始めた。相変わらずよく通る声だ。今度は倒れた木の上に立っている。どうして、そう都合よく台があるのか……。俺は半ば諦めていた。

「さあ、皆さん！　今こそユチ様のご功績を讃えるのです！　天に向かって叫びましょう！

ユチ様のお名前を！」

「「うおおおお！　ユーチ！　ユーチ！　ユーチ！」」

自分の名前がコールされる中、俺はただただ泉に浸かっていた。

□□□

「さて……」

あらかた聖域化が終わり、俺は泉から上がる。散々晒（さら）されたので、ある意味達観の境地に入っていた。

「お疲れ様でございました、ユチ様。皆さま、大変喜んでらっしゃいます」

周りの領民は川の水をがぶがぶ飲んでいる。

「生き神様！　こんなに美味しい水を飲んだのは初めてですよ！」

「一生雨水しか飲めないのかと覚悟していました！」

「まるで生き返ったような気分になります！　感謝してもしきれません！」

ソロモンさんも大喜びで走り回っていた。

「あのデスリバーがここまでキレイになるなんて、ワシも想像できなかったですじゃよ！」

そして、みんなで嬉しそうに魚やら何やらを採り始めた。何だかんだ俺は安心していた。これで飲み水問題も大丈夫そうだな。

【生き神様の領地のまとめ】
◆〝キレイな〟死の川デスリバー
デサーレチの主要な水源。

元は非常に透明度の高い川だった。

だが、瘴気に水源地を汚染され想像を絶する汚水となっていた。

水量は多いが水深は浅く、全体的に穏やかな流れ。

何が採れるかはお楽しみ。

□□□

「ユチ様、力を抜いてくださいませ。それでは上手くできませぬゆえ」

「う、うん、そうは言ってもね……」

水源地の聖域化が終わった後、俺はルージュにマッサージされていた。なぜか台のように土が盛り上がっている場所があって、俺はそこに連行されていた。当然のようにパンツ以外の服も脱がされている。まさか、ルージュのマッサージは恒例にならないよな？　いや、頑張って断れば大丈夫だろう。まだ二回目だし定着することはないはずだ。

「生き神様！　早くこっちに来てくだされ！　とんでもないことですよ！」

ルージュに無理矢理マッサージされている時だった。ソロモンさんが大声で俺を呼んでいる。その顔は驚きで満ち溢れていた。

「何か美味そうな魚でも採れたのかな」

「行ってみましょう、ユチ様」

「ちょっと待ってくれ、とりあえず服を……」

「生き神様！　何をやっているのですか！　さっさと来てくだされ！」

服を取ろうとした瞬間、ソロモンさんに勢いよく引っ張られた。すんでのところで俺の手は空振りする。

「ソ、ソロモンさん！　ま、待って！　服！」

「そんなのいいから、早く来てくだされ！」

「服をお召しになられていると、ユチ様の魅力が半減いたします」

「そうじゃなくてね！」

結局、俺はパンツ一枚の格好で駆り出された。高身長美人とロリ幼女に手を引かれる半裸の男。傍から見るとただの変態だろう。

――それにしても、ソロモンさんはどうしてこんなに慌てているんだ？

しかし、川の近くまで行った時、その理由がわかった。

「マジかよ……すげぇな」

「これは……私めも驚きました」

川のすぐ近くの地面には、度肝を抜かすようなレア素材がどっさり積まれていた。こりゃあ確かに、驚くわな。

〈ジュエリンフィッシュ〉
レア度：★7
目と鱗が宝石になっている魚。鉱石を研磨した宝石より、ずっと透明度が高い。乱獲のため数が減っており大変な希少種。肉も美味。

〈ガラスクラブ〉
レア度：★9
全身が特殊なガラスのカニ。このガラスを用いて作られた望遠鏡は、何十キロメートル先までも見える。肉も美味。

〈リフレクティング・マジカルシェル〉
レア度：★8
魔法を反射する力のある貝。この貝殻で作った鎧は対魔法力に優れている。肉は貝柱として食べるのが通。

〈バフバフ水草〉
レア度：★8
食べると身体能力が何十倍にも増幅される。水が極めてキレイな川でないと生息しない。

〈プラチナ砂金〉
レア度：★9
金の純度が１００％の砂金。不純物などいっさい入っていない。この砂金で作られた装具は、魔法攻撃を吸収し無力化する。宝石としての価値も超一級品。

「どいつもこいつも、レア素材ばかりじゃねえか」
「あのクソ川からこんなにたくさんのレア素材が手に入るとは……私めも驚きました」
領民たちはせっせと素材を集めている。しかも、見たところ川にはまだまだたくさんいそうだった。さすがに採りすぎはまずいが、採りきれないくらいあるんじゃなかろうか。

「見てください、生き神様！　夢のような光景ですよ！」

「俺だって長年生きているが、見たことねぇ物ばかりだ！」

「デスリバーからこんなに素晴らしい物が採れるなんて思ってもみませんでした！　これも全部生き神様のおかげね！」

俺に気づくと、領民たちは跪き祈りを捧げ出した。

「い、いや、お祈りなんかしなくていいですからね」

「皆さま！　ユチ様こそ生きた伝説！　この村の守り神なのです！　さあ、皆でその偉業を称えましょう！」

「「ははー！」」

ルージュがご満悦な顔で煽りまくる。

「それだけじゃないんですじゃ！　生き神様、この水を見てくだされ！」

ソロモンさんは大慌てで、小さな器を持ってきた。中を見たが、ただの水だ。透明でキレイだが、何の変哲もない。

「キレイな水ですねぇ」

「十分飲めそうな水でございます」

「もっとよく見てくだされ！」

ソロモンさんは、切羽詰まった感じで器を差し出してくる。こんな水より、さっきの魚とか砂金の方がよっぽどレアな気がするが……。と、そこで、俺たちはぎょっとした。

「お、おい……ルージュ……」

「え、ええ……」

結論から言うと、この水はただの水ではなかった。

〈ライフウォーター〉
レア度：★10
生命を司る水とも言われている。体力や魔力を最大限まで回復させる。怪我をしたところに振りかけると全治癒する。コップ一杯飲むだけであらゆる万病を癒す。

「レ・ア・度・10⁉　こ、これは、あの〈ライフウォーター〉じゃないですか⁉　この水はどこから採ってきたんですか⁉」

「このコップ一杯で人生を三回は遊んで暮らせますね」

病気は治ったのに、ソロモンさんはハアハアしている。興奮を抑えきれないと言った感じだ。

「そ、それがデスリバーの水なんですじゃ！」

「「ええ⁉」」

俺とルージュはめちゃくちゃに驚いた。川の水が全てレア度10なんてありえるのか？

「ソロモンさん、そんなことあるわけないじゃないですか。そんなの伝説の神域レベルですよ」

大昔に滅びてしまった古代世紀では、〝神の領域〟と言われる領地ゴルドレムがあったらしい。なんでも、〝不可能がない〟と言われるほどに栄華を極めていたそうだ。

「生き神様！　川全体をよく見てくだされ！」

「川全体……ですか？」

ソロモンさんに言われ、ルージュと一緒にデスリバーをジッと見る。

「あ、あれ……？　まさか、本当に……？」

確かに、よく見るとデスリバー全部が〈ライフウォーター〉のようだ。つまり、この川自体がレア度★10。とんでもない川だったようだ。に、にわかには信じられん……。

「生き神様のおかげでキレイな水が飲めるぞー！　いつも喉が渇いてしょうがなかったんだ！」

「これでもう雨水を溜める必要もないんだな！　俺はもう感慨深いよ！」

「いつでもキレイな水が飲めるなんて素晴らしすぎる！」

領民たちはしきりに感謝しながら、ガブガブと川の水を飲んでいる。本当にこれ全部が命の水だったんだな。デスリバーの聖域化は、飲み水の確保どころの話じゃなかったというわけだ。

□□□

「ゲホッ……す、すみませーん！　どなたかいらっしゃいませんかー？」

デスリバーを聖域化して数日後。村の入り口で誰かが叫んでいた。

「また来客か？　デサーレチには意外と人が来るんだな」

「きっと、ユチ様目当てでございます」

門のところには、全身青い人たちが立っている。ひと目見ただけでわかる、ウンディーネの一行だ。全部で五、六人のグループみたいだった。

「ウンディーネかぁ、これまた珍しい来客だ」

「デサーレチに彼女らの好きそうな物はなさそうでございますが」

「それに具合が悪そうだな」

ウンディーネたちは体が濁っていて苦しそうだ。本来なら美しい青色なのに、暗い色合いになっている。

「あの、大丈夫ですか？」

「どうぞ、こちらにいらっしゃいませ」

俺たちが呼んでいると、みんなしてノロノロ歩いてきた。

「ゲホッ……あなたがリーダーの方ですか……？」

「俺がリーダーというか、一応領主のユチ・サンクアリですけど。あの、どうされましたか？

体調が悪そうですが」

「誠に申し訳ないのですが……新鮮なお水を分けていただけませんか？　もう何日もキレイな水を飲んでいないのです……ゲホッ」

そういえば、ウンディーネはいつもキレイな水を飲んでいないと体調を崩すと聞いたことがある。

「キレイな水なら無限にありますよ！　ちょっと待っててくださいね！　とりあえず、俺の家で休んでてください！」

「私めも運ぶのをお手伝いいたします。あなた方はこちらへ」

ウンディーネ一行を家に案内し、俺たちは急いで水を持ってきた。デスリバーの〈ライフウォーター〉だ。

「はい、どうぞ！」

「す、すごくキレイなお水ですね！　い、いただきます……！」

ウンディーネたちはゴクゴクゴクッ！　と勢いよく飲む。

「ぶはぁっ！　なんて美味しいんでしょう！　こんなに美味しいお水は今まで飲んだことがありません！」

飲み終わるや否や、ウンディーネたちの濁った感じも消えた。向こう側が見えちゃうくらいに透き通っている。さすがは〈ライフウォーター〉だ。一瞬で体力を回復させたようだ。

「元気になったみたいでよかったですね。それで、こちらにはどうして……」

「っていうか、この水は〈ライフウォーター〉じゃないですか！」

リーダーらしきウンディーネがハッとしたように叫ぶ。それに続くように、みんなきゃあきゃあし始めた。

「こ、これがあの〈ライフウォーター〉⁉　たしかに、この美しい輝きはまさにそうです！」

「どうりで普通の水より美味しいわけですね！　飲んだ瞬間、すごい衝撃を受けました！」

「こんな素晴らしいお水が飲めるなんて、私たちはどこまで運がいいのでしょう！」

ひとしきり騒いだ後、気を取り直したようにこちらへ向き直った。

「ゴ、ゴホン……申し遅れました。私たちはウンディーネの里からやってきました。私はリーダーのネーデと申します。このたびは命を救っていただいて、誠にありがとうございます」

ネーデさんはとても丁寧にお辞儀する。残りのウンディーネたちも一緒に深くお辞儀する。

非常に礼儀正しい種族のようだ。ルージュは満足げな顔をしている。

「どっかのクソ狐とはまったく違いますね。全ての来客がこうであれば幸いなのですが」

「ル、ルージュ！　静かに！　……それで、ネーデさんたちはどうしてここへ？」

ウンディーネのことはよく知らないが、ネーデさんは俺より年上な気がする。何となくだが。

まぁ、物腰も落ち着いているし。自然と苦手な敬語になってしまう。

「里長の令で、王様へ謁見に向かう途中だったのであります。ですが、途中で道に迷ってしまいこちらの豊かな領地へとたどり着いた次第です」

「そうだったんですか。そりゃまた大変なことで……」

「お恥ずかしい話、ここがどこかもわかっておらず……ここは何という領地でしょうか？」

「デサーレチです」

デサーレチと言った瞬間、ネーデさんたちは固まった。かと思うと、プルプル震え出す。その顔は恐怖でいっぱいだ。

「ま、まさか、ここがデサーレチなんですか⁉　近づいただけで体が溶けてなくなるという、あの史上最悪の土地ですか⁉」

「「……えっ」」

俺とルージュはびっくりする。ネーデさんが叫んだ瞬間、お仲間のウンディーネたちも騒ぎ出した。

「デ、デサーレチ⁉　地獄に最も近いという……あのデサーレチですか⁉」

「作物は育たず、水も飲めず、死にたければそこへ行けと言われるデサーレチ⁉」

「溶岩の沼があるなんてウワサもありますよね⁉　数多（あまた）の死がはびこっていると言われるデサーレチですって⁉」

マジか……。散々な言われようだ。フォキシーも驚いていたし、デサーレチの評判は最悪みたいだな。ルージュが怒る前に俺は慌てて説明する。

「と、とりあえず、落ち着いてください！　ここは確かにデサーレチです。ですが、俺のスキル〈全自動サンクチュアリ〉でこんなに豊かな土地になったんです！」

「「そ、それは、どういうことで……」」

スキルのことを簡単に説明した。それを聞いて、ウンディーネの一行はまた驚く。ネーデさんが恐る恐る話してきた。

「じゃ、じゃあ、この水も元々は飲めないくらい汚れていたのですか？　こんなに美味しいお水がまさか……」

ウンディーネ一行は顔を見合わせて驚いている。まるで信じられないといった様子だった。

「よかったらお土産に持ってってください」

俺はビン詰めした〈ライフウォーター〉や、〈フレッシュブルレタス〉やら〈ジュエリンフィッシュ〉やらを渡した。

「こ、こんなにいただけるんですか？　し、しかも、このレタスやお魚だって途方もなく貴重な物ですよね」

「たくさんありすぎて、どうしようか迷うくらいなんですよ。水なんて無限にあるし、作物も魚も採っても採ってもなくならないんです」

「「い、いくら感謝してもしきれません……」」

ネーデさんたちはひたすらに感動している。じゃあ、これで……というところで、ソロモンさんが出てきた。きっと、部屋の外で待ち構えていたんだろう。転送の超魔法を使いたいのだ。言われなくてもすぐにわかった。顔に書いてあるからな。

「ユチ殿、こちらはどちら様ですか？」

「ソロモンさんです。大賢者の」

「「うえええええええ!?　あの伝説の大賢者、ソ、ソロモン!?」」

そういえば、ソロモンさんは結構有名だった。ネーデさんたちが驚きまくるんで、ソロモンさんも嬉しそうだ。

「そなたたちを王都まで転送して差し上げようぞ」

「て……転送までしていただけるのですか……！　なんとお礼を言えばいいのでしょう！　どうやって王都まで行こうか途方に暮れていたのです」

「転送用の魔法札をあげますじゃ。またここへ来たくなったら破きなされ」

「「ま、魔法札もいただけるのですか!?」」

ウンディーネ一行はわいわい喜んでいる。何はともあれ、みんなが元気になってよかったな。

「それではユチ殿。本当に本当にお世話になりました。あなた様のおかげでこの命が救われました。この御恩は一生忘れません」

ネーデさんたちは涙ながらにお辞儀をする。

「俺たちも皆さんに会えてよかったですよ。どうぞお元気で」

「ぜひまたいらしてくださいませ。王都ではユチ様の素晴らしさをお伝えくださいさい」

「あ、いや、それは別に……」

「『はい！　喜んで！』」

俺はすかさず断ろうとしたが、ネーデさんたちの大きな返事でかき消されてしまった。ソロモンさんが転送の準備をする。

「【エンシェント・テレポート】！　この者たちを王都に転送せよ！」

「『皆さま、本当にありがとうございました！』」

ソロモンさんが言うと、ネーデさんたちは消えた。王都に転送されたのだ。

「ふぅ～、やっぱり超魔法は気持ちいいですな～」

「いつもありがとうございます、ソロモンさん」

「なに、ワシも好きでやっておりますからの」

ソロモンさんの表情は清々しい。チラチラ荒れ地の方を見ているが、あいにくとモンスターはいなかった。

「それにしても、瘴気はどこから来るんだろう。領民はみんないい人だから、邪な心に引き寄せられたとは考えにくいが」

「ユチ様、あちらに瘴気が溜まっている山がございます」

ルージュはデサーレチの北西を指す。デスリバーの源泉があった山と同じか、一回りくらい大きな山があった。そこもまた瘴気でいっぱいだ。ここからあまり離れてはなさそうだな。

「よし、次はあの山に行ってみるか。瘴気があってもいいことなんかひとつもないからな。手当たり次第に浄化しないと」

「お供いたします、ユチ様」

ということで、俺たちは山に向かうこととなった。

「何という素晴らしい領地だったのでしょう」

ネーデたちは上機嫌で王都を歩いていた。まさか、デサーレチがあれほど豊かだとは思いもしなかった。たくさんの貴重なお土産までいただいてしまった。

「やっぱり、どんなことも自分の目で確かめないといけませんね」

ネーデの言うことに、ウンディーネ一行はうんうんと頷く。デサーレチはクソ土地と言われるほど、最悪な土地として知られていた。ところがどうだ。そこには天国が広がっていた。伝説の大賢者であるソロモンさえ定住している。それどころか、幻の水と言われていた〈ライフウォーター〉まであったのだ。里長も聞いたら驚くだろう。

「王様にもお話された方がよろしいのではないでしょうか？」

余韻に浸っていると、部下のひとりが言った。

「それはいい案ですね。ぜひ、王様方にもユチ殿とデサーレチの魅力を知っていただきましょう」

ネーデたちウンディーネの一行は、ユチとデサーレチがいかに素晴らしいかを王様や王女様に話しまくった。そして、その話はサンクアリ家の耳にも入るのであった。

□□□

「ゲホオオオオッ！　ゴホオオオオッ！　どうして、咳がこんなに止まらんのだあああ！早く薬を持ってこいいいいい！」

いくら薬を飲んでも、ポーションを飲んでもまったく治らない。夜も眠れなくなってきたし、頭がガンガンして倒れそうだ。

「かしこまりました！　少々お待ちください……クソッ、それくらい自分でやれよな、デブキノコがよ」

「なんだあああ？　何か言ったかあああ？」

「いえ！　なんでもございません、エラブル様！　すぐに準備いたしますので！」

とんでもない悪口を言われた気がするが、体調が悪くてそれどころではない。使用人が出ていくと、クッテネルングがやってきた。目の下がクマになっていて、脂汗も滴り落ちている。

「父ちゃまぁぁあ、さっさとクソ兄者に仕返ししてよぉぉぉ」

どうやら、クッテネルングはポリティィカ男爵家から婚約破棄されたらしい。

「貴様あああ、どうして婚約破棄などされるのだあああ。相手は男爵だぞおおお。この役立たずがあああ」

「だから、クソ兄者のせいだよぉぉぉ。あいつのせいでシャロンちゃんにフラれちゃったんだぁぁぁ」

伯爵家との婚約を破棄する男爵家など聞いたことがない。何かしら嫌がらせをしたいところだ。だが、セリアウス侯爵との商談が失敗したせいで、そんな経済的余裕はなかった。

「それにしてもおおおお！　やたらとデサーレチのウワサが耳に入ってくるなあああ！」

クソ土地から姿を変え、天国のような素晴らしい領地になっているらしい。

「そんなのデマに決まっているよぉぉぉ。あのクソ土地が栄えるわけがないじゃないかぁぁぁ」

クッテネルングの言う通りだが、一概にウソだとは言えなかった。フォックス・ル・ナール商会の会長やウンディーネの使者など、恐ろしく地位の高い者たちが言っているのだ。

「おのれえええ。ゴミ愚息を思い出したせいで気分が悪くなったあああ」

私の天才的な領地計画に口出しするヤツを追い出して、最高の日々がやってくると思ったのに。

「ガハアアアアッ！　ゲフウウウウッ！　だから、早く薬を持ってこいいいいい！」

ゴミ愚息を追い出してから、ますます身体の具合が悪くなってきた気がする。正直言って、歩くだけで倒れそうになる。く、苦しい。本当に私の身体はどうしたのだ。

「お待たせいたしました！　お薬でございます！」

「さっさと、よこせえええええ！」

「僕ちゃまの分は砂糖をたっぷり混ぜろぉぉぉ」

「承知いたしました！　……チッ、なんでこんなクソどもの世話なんかしなきゃいけねえんだよ」

「「何か言ったかああああ（あぁぁ）？」」

「いえ！　なんでもございません！」

いくら質の悪い風邪だろうが、高価な薬を飲んでいれば治るだろう。サンクアリ家は裕福なので、まだまだ大量に手に入る。何も心配いらんのだ。

「ところで、例の者たちは来たのかああああ？　……ゲホオオオオッ、ゴホオオオオッ！」

薬を飲んだところで声を張り上げる。すぐにむせるのが腹立たしい。

「は、はい……！　いらっしゃったのは、いらっしゃったのですが……」

使用人どもはビクビクしている。まったく、もう少しシャキッとせんか。

「オラ、どけよ！」

「きゃあっ！」

使用人が乱暴に跳ね飛ばされた。私の部屋に汚い男たちが遠慮なく入ってくる。全員ガラが悪く、貴族とはかけ離れた境遇の者どもだ。

「俺はリーダーのアタマリってんだけどよぉ。アンタがエラブル？　太りすぎじゃね？」

先頭にいるのは、二十代後半と思われる男。無造作に伸ばした髪からは、獅子のような威圧感を覚える。身にまとっている服は土や砂ぼこりまみれで、礼儀の欠片もない。

　こいつらはAランク盗賊団〝アウトローの無法者〟。このあたりでは名の知れた盗賊グループだ。十二人もの荒くれ者が集まっている。その優秀な鍛冶能力であらゆる鍵を作れるらしい。古代遺跡を荒らし、貴族の宝物庫を荒らし、貴重な宝を根こそぎ奪っていた。

「にしてもいいとこに住んでんなぁ。どうせ、貧乏人から搾り取ってんだろ？」

　本来ならば、屋敷の門をくぐることさえ叶わない。しかし、今回限りの特別な仕事のため、やむなく屋敷に招き入れた。中でも一番大きな男がずかずか出てきた。

「おっ、いいマットがあるな。ちょうど靴に泥がついていたんだ。拭かせてもらうぜ～」

　不躾な態度と高い絨毯が汚され怒りそうになる。だが、懸命に怒りを抑える。今から大事な取引をするのだ。余計な争いごとは避けたい。

「……貴様の無礼な態度は見逃そうううう。ところで、デサーレチは知っているかあああああ？」

「ああ、もちろん知ってるぜ。あのクソ土地だろ？　なんだ？　お宝でもあんのか？　まぁ、俺たちはこの屋敷のお宝でも我慢できるけどよお。なぁ、お前ら？」

アタマリが言うと、部下たちもいっせいにゲラゲラ笑い出した。ひとりも上品な人間がいない。

「さすがは、伯爵家だぜ！　高そうなもんがいっぱいだしよ！」

「お土産にいくつかもらっていくか！　売れば結構な金になりそうだ！」

「ちょっとくらいなくなってもわかんねぇんじゃね？」

アタマリは部下と一緒に、ゲラゲラ笑っている。屋敷に似合わぬ、下品な笑い声が響き渡る。それどころか、部屋の高価な調度品をベタベタ触りだした。これ以上荒らされてはまずい。私は慌てて用件を切り出す。

「仕事の依頼とは、これだあああ」

私は二枚の紙を渡す。一枚はデサーレチに追放したゴミ愚息の似顔絵。もう一枚は、クソユチにくっついていったルージュの似顔絵だ。

「なんだよ、このクソガキは？　っと、こっちの女は、なかなか美人じゃねえか」

アタマリは似顔絵をまじまじと見ている。

「その男を殺せぇぇぇぇ。女は好きにして構わんんんん」

私は初めから、あのゴミ愚息を殺すつもりだった。だが、屋敷内で殺すのはさすがにまずい。

下手したら失脚もあり得るからな。そのため、辺境に追放したのだ。運悪く、盗賊団に襲われたとなれば世論も問題あるまい。辺境の地で誰にも助けを求められず、たまたまやってきた盗賊団に襲われて死ぬ。こんなに不運なことがあるだろうか。

「頭(かしら)！　俺たちにも女の顔を見せてくださいよ！」

「ほお！　確かに、これは上玉だ！」

「ケケケケ！　楽しみが増えたぜ！」

盗賊どもは、ルージュの似顔絵に群がっている。あの女もまた、私の誘いを断りおった無礼者だ。せっかく屋敷に雇ってやったというのに、その恩を忘れおって。だから、盗賊どもに似顔絵を見せたのだ。今さらどうなろうと、私の知ったことではないわ。

「んで、報酬は？」

ひとしきり騒いだ後、アタマリは無遠慮に言ってきた。こいつら盗賊には品性の欠片もない。だが、金で動く分まだ安心できる。

「前払いで500万エーン。その男の首と引き換えに500万エーン払おう」

「全然足りねえな。その倍払えや。金持ちだろうがよ」

アタマリが言うと、部下たちはまた賛同しだした。

「1000万エーンで人殺しはできんわなぁ」

「おい、オッサン。俺たちのこと見くびってるんじゃねえの？」

「伯爵家ってそんなに貧乏なん？」

盗賊団は揃ってギャハハハ！　と笑っている。ゴミ愚息の殺害依頼などで、2000万エーンも払うのは気が引けた。しかし、こいつらは盗賊団だ。機嫌を損ねると何をしてくるかわからない。仕方がない金を払うか。

「……いいだろう。倍額の2000万エーン払おう。これが前払いの1000万エーンだ」

私は金をアタマリに渡す。アタマリは律義に金を数えると、上機嫌で出口へ向かう。

「まいどあり～！　じゃあな、また頼むぜ～！」

「待てええええ、わかってるだろうなあああ！　ちゃんとその男を殺すんだぞおおお！　さもなければ、貴様らをおおお……！」

「な～に、心配すんなよ。これでも俺たちはプロさ。さっさとこの男を殺して女と遊んだら、残りの金もいただきに来るぜ。ちゃんと用意しておいてくれよ～」

盗賊団は下品に笑いながら出ていった。

「チイイイイ、余計な出費になったな……ゲホオオオオッ、ゴホオオオオッ！」

まずは、この体調不良をなんとかせんとな。と、そこで、カーテンの影からクッテネルングが出てきた。盗賊団が来るや否や隠れていたのだ。こいつは偉そうなくせに臆病だ。まったく、誰に似たんだろうな。

「2000万エーンも払ったのぉぉぉ!?　僕ちゃまの新しい馬車を買うんじゃなかった

のぉぉぉ!?」

「黙れぇぇぇぇ！　それに、払ったのはまだ１０００万エーンだあぁぁ！」

ともあれ、私は愉快だった。これでクソユチをこの世から葬れる。見ていろ、ゴミ愚息め。貴様はもうおしまいだ。今さら謝っても許さないからな。せいぜい、残り少ない人生を楽しめ。

ゲホオオオオッ、ゴッホオオオオ！

□□□

「さて、ここが鉱山か」

「例外なく、ここもクソ鉱山でございますね」

家から小一時間ほど歩いて、俺たちは山の麓に着いた。近くかと思ったら意外と遠かったのだ。途中でルージュに「おんぶしましょうか？」と言われたが力強く断った。

ルージュの他にはソロモンさん、領民も一緒だ。今度は全部で三十人くらいの一団。若い男女が半分で子どもが十人ほど、残りはオジサンとオバサン。俺が何かするたび必ず領民たちが来るので、ぱっと見でどんな人たちの集まりかわかるようになってきたぞ。危ないから来なくていいと言ったんだが、「御業を拝見したい」ということで、みんなついてきてしまった。

「ワシらは〝死の鉱山デスマイン〟と呼んでおりますじゃ。見ての通り、ここも近寄れないくらい、ひどい有様なんですじゃ」

　デスリバーの源泉がある山は木が生えていたが、デスマインは濃い灰色のボコボコした岩山って感じだな。穴がたくさん空いていて、そこかしこに洞窟があるような山だった。だがしかし、例のごとく瘴気がぐじゃぐじゃに溜まっている。空高く飛んでいる鳥ですら、山に近づけないくらいだ。

「鉱山っていうくらいですから、鉱石とか魔石が採れたりするんですか？」

「昔は採れたらしいんですがの……今はサッパリですじゃ。それどころか、近づくことさえできませんでしたな」

「そうですか。じゃあ、さっそく入ってみますかね」

「お気をつけくださいませ」

　まずは一番近く、というより正面の洞窟へ入ることにする。大人がふたり手を広げても十分なくらいの横幅がある。天井だってジャンプしても届かなそうだ。慎重に歩を進めると、すぐに鉱山の状況が把握できた。なるほど……こいつはヤバいわ。五歩入っただけでわかった。洞窟の奥には目の前が見えないほど、瘴気が溜まりに溜まりまくっている。

「うわぁ……何も見えないじゃん」

「とんでもないクソ洞窟でございますね」

　俺たちだけじゃなく、領民たちもドン引きしていた。

「見ろ！　瘴気がたくさんあるぞ！」

「いつの間に、こんなに溜まっていたんだ！」

「お願いいたします、生き神様！　もはや、あなた様じゃないと進むことさえできません！」

俺は洞窟へ入っていく。領民たちは期待に満ち溢れた目で俺を見ていた。いや、背中に視線がビシバシ当たって痛いんだわ。とりま、さっさと終わらせよう。瘴気がテリトリーに入ったところで、魔力を込める。〈全自動サンクチュアリ〉発動！

『ギギギギ……！』

すぐさま、瘴気の群れがブルブル震え出した。俺は魔力を込め続ける。頼む、早く消えてくれ。領民たちの視線が痛いから。

『キャアアアア！』

例のごとく、女の子のような悲鳴を上げて、瘴気はすううう……と消えていった。それを見て、領民たちが大喜びする。

「さすがは生き神様だ！　あっという間に、浄化してしまわれたぞ！」

「こんな御業が見られるなんて、生きててよかったよ！」

「ああ、ありがたや！　ありがたや！」

バンザーイ！　バンザーイ！　と歓喜の声がこだました。

「ユチ様、振り返って足元をご覧くださいませ」

「え、足元？」

後ろを見ると、洞窟の地面がキラキラ光っていた。青や赤、黄色に光っていたりする。

「なんじゃこりゃ？」

拾ってみると、キレイな石だ。

「こ、これは宝石じゃありませんかの？」

ソロモンさんが慌てて拾い上げた。ギラギラ光っている。

「え、宝石……ですか？」

「そうでございますじゃ！　まさか、ただの道にこんなにたくさん落ちているなんて！」

ソロモンさんの言葉を聞いて、領民たちも気づいたようだ。

「おい、これはルビーじゃないのか⁉」

「こっちにはサファイアがあるぞ！」

「ここにはオパールが転がってるじゃないか！」

領民たちは大喜びで宝石を拾い集める。宝石は拾っても拾っても、有り余るほど転がっていた。

「ルージュも少し持って帰ったら？」

「お言葉ですが、私めはそのような物に興味はございません」

「あっ、そうなのね」

そういえば、ルージュはあまりアクセサリー類を着けていなかった。宝石よりキレイなドレスとかの方がいいのかな。

「私めの興味はユチ様のみに向けられております」

「は、はい……そうですか」

落ちている宝石はどれもこれも、すでに磨き上げられているかのようにギランギランに輝いている。しばらく歩くと、水が溜まっている開けた空間に出た。デスリバーの水源の十倍はあり、もはや小さな湖みたいだ。天井だって石を投げても届かなそうなほど高い。ぽつぽつと水滴が落ちているから、この湖は雨水が溜まってできたんだろうな。当然のごとく、瘴気が溜まりまくっていた。領民たちもギョッとしたように眺めている。

「マジかよ、なんつう瘴気の塊だ」

「恐ろしいまでに汚染されています」

「ひでえ……知らないうちにこんなに溜まりやがって」

湖の瘴気はじわじわと、洞窟の中を這いずり回っていた。どうやら、ここが瘴気の源らしい。

「雨水と一緒に瘴気が溜まって、山全体に瘴気が移動しているようだな」

「デスマインを完全に浄化するには、このクソ湖の浄化も必須でございますね」

ま、まさか……。

「さあ、皆さま！　ユチ様の御業のお時間でございます！　お集まりくださいませ！」

ルージュはまた石の上に乗って演説している。どうしてそう都合よく台があるのか……俺はもう諦めていた。

「生き神様の御業のお時間だぞー！」

「こうしちゃいられませんわ！　みんな、集まって！」

「神聖なる沐浴（もくよく）のお時間だ！　見逃したら一生の損だぞ！」

瞬く間に領民が集まってくる。

「ル、ルージュ。湖は結構深そうだよ」

「ご心配なく、水深はユチ様の腰くらいまででございます」

ルージュが近くに落ちていた、木の枝らしい棒を湖に差し込んで教えてくれた。確かに、俺の腰くらいまでの深さのようだ。というか、なんで木の枝まで落ちているんじゃい。

「水は結構冷たいかも」

「ご心配なく。適度な冷たさでございます」

俺は水の中に手を入れる。冷たくて気持ちよかった。

「皆さまもお待ちかねでございます」

「せ、せめて、領民の前でまた裸を晒すのだけはイヤだよ」

「お脱ぎできないのであれば、私めが脱がさせていただきます」

有無を言わさず、ルージュが服を脱がしにかかってくる。恍惚とした表情だった。

「待て待て待て！　自分で脱ぐ！　自分で脱ぐから！」

仕方がないので、俺は服を脱ぐ。ポチャンと湖に入った。よし、〈全自動サンクチュアリ〉！　魔力を込めながら湖の中を進んでいく。ちょうど中心にでかい瘴気の塊が浮かんでいた。

『ギギギギ……！』

俺が近寄っただけで苦しみだした。やっぱり、どんなに大きくても効き目がバッチリなんだな。早く消えようね。

『キャアアアアア‼』

やがて、瘴気はあっさり消えてなくなった。わあああ！　と洞窟が盛り上がる。これでこの鉱山も自由に出入りできるな。

「「よーし、さっそく採掘を開始するぞー！　生き神様への供物(くもつ)を捧げるんだー！」」

領民たちはカンカンと採掘を始めた。供物という言い方は気になるが、どんな鉱石が採れるのか俺も楽しみだった。


【生き神様の領地のまとめ】

◆〝キレイな〟死の鉱山デスマイン
村から少し離れたところにある小高い山。

木々は少なく、そこかしこに洞窟があるのが特徴。

それほど高くはなく、地質的にも登りやすい。

生き物が近づけないほど、瘴気に汚染されていた。

ユチのおかげで無事に浄化された。

何が採れるかはお楽しみ。

□□□

「ユチ様、もっと力を抜いてくださいませ」

「いや、ほら、もういいから」

領民たちがピッケルを振るう中、俺はルージュにマッサージされていた。しかも、ただのマッサージではない。パンツ以外の服は全て脱がされ、ルージュ特製のオイルによる怪しいあれだ。地面にはマットを敷かれ、オイルを塗られ……やりたい放題だ。これらのアイテムは全てルージュが持参してきた。

「力を抜いてくださらないとマッサージできませぬ」

「も、もう勘弁してくれ……！」

「ユチ様、いけません！」

逃げようとしたのだが、あっけなく捕まってしまった。こ、これが元Sランク冒険者か。有無を言わさぬ勢いだ。ルージュはご満悦な表情で俺の体を撫でまわす。瞬く間に、俺の全身はヌルヌルのオイルまみれになっていた。洞窟内のわずかな明かりでも、ぬらりと艶めかしく光っている。

「お気持ちはいかがでしょうか、ユチ様？」

「は、恥ずかしいですね」

ここまで来たら、早く終わってくれることを祈るしかない。幸いなことに、周りには誰もいない。俺は領民たちへ強い念を送る。来るなよ、来るなよ……？

「あっ、生き神様が裸でくつろいでいらっしゃる」

「見れば見るほど、本当に神聖な体つきだな」

「おーい、みんな。生き神様がマッサージを受けてらっしゃるぞ。見学させていただこう」

そのわずか一秒後、ぞろぞろ領民たちが集まってくる。あろうことか、その場に座り込みだした。採掘に参加していない領民たちは、温かい目で俺たちを見ている。そして、石の台（これまた都合よくあった）に寝かされたパンツ一丁の俺。だんだん、俺はいたたまれない心境になってきた。

「生き神様！　採取できた鉱石を見てくだされ！　こりゃまたすごい鉱石が採れましたぞ」

洞窟の奥からソロモンさんが、ハイテンションかつ美しいフォームで走ってきた。と、思いきや、俺たちの怪しい光景へ釘付けになる。

「……って、お楽しみ中でございましたな。これは失礼いたしましたじゃ。皆の者！　生き神様がお楽しみ中じゃ！　さあ、もっと向こうの方で採掘するのじゃ！　邪魔しては悪いぞよ！」

ソロモンさんは何やら満足気な顔で洞窟の中へ戻っていく。領民たちもハッとしたようだ。

「確かに、そうだよな。生き神様もお疲れなんだ。俺たちが近くで騒いでいたら迷惑だ」

「いつも私たちのために頑張ってくださっているのよ。たまには発散しないとね」

「さあ、みんな。生き神様はお楽しみ中なんだ。あっちに行くぞ」

みんな納得したような表情でその後を追って……。

「ちょーっと、待ってください！」

「あっ、ユチ様！　まだマッサージは……！」

俺は大慌てでソロモンさんたちを引き留める。特殊な趣味と思われるのだけはご勘弁だ。

「いかがされましたですじゃ？　ワシらのことは気にせず楽しんでいただいて……」

「ど、どんな鉱石採れたんですか!?　見せてくださいよ！」

誤解を解くのはまた今度にして、とりあえず話題を逸らすのだ。

「ああ、そうじゃった！　皆の者！　生き神様に鉱石をお見せするのじゃ！　生き神様もきっと驚きますぞ！」

俺たちの目の前に、たくさんの鉱石が運ばれてくる。

「うおおお、すげえ」

「まさか、あのクソ鉱山からこれほど素晴らしい鉱石が採掘できるとは」

これまたとんでもないレア素材が選び放題だった。

〈テンパレギュ石〉
レア度：★7
周囲の温度を一定に保つ。石とは思えないくらい軽い。

〈フローフライト鉄鋼石〉
レア度：★9
この石から作られた装備や建造物は、魔力を供給することで浮遊する。加工性にも優れており、とても頑強な鉱石。

〈ウィザーオール魔石〉

レア度：★8
虹色に輝く魔石。この石で作られた装備品を持つと、魔力が何十倍にも増幅される。魔術の才がない者も魔法が使えるようになる。装飾品としても価値が高い。

〈ラブラヒールストーン〉
レア度：★7
持っているだけで体力と魔力が少しずつ回復する石。怪我や病気も癒せる。ピンクや緑の淡い色合いが富裕層に人気。

〈永原石〉
レア度：★9
魔力を保存できる石。一度魔力を込めると、半永久的に同じ量の魔力を生産し続ける。石の大きさで容量は決まっている。

〈ゴーレムダイヤモンド〉
レア度：★10
大人の拳大くらいはある世界最高峰レベルのダイヤモンド。恐ろしく硬いうえに、恐ろしく割れにくい。古のドラゴンでさえ傷をつけることはできない。これで作られたゴーレムが古代世紀を滅ぼしたとかなんとか。

「……いや、マジかよ」

デスリバーの時もそうだったが、さらに上回るほどのレア素材だ。こんなの冒険者ギルドの人間とかが見たら、涎が止まらないんじゃないか？　どいつもこいつも、おいそれとは手に入らんぞ。しかも、ひとつやふたつではない。〈ゴーレムダイヤモンド〉はやはり少ないようだが、それでも有り余るほど運ばれてくる。思っていたより、デサーレチはすごい場所だったのかもしれない。

「こんな鉱山がこの世に存在するのか？」

「私めの知る限り、全世界でもここだけでございます」

俺は半裸のまま、ずっと疑問に思っていたことを呟いた。

「どうしてこんなにたくさんレア素材が採れるんだろう？　鉱山だけじゃなくて、畑も川も目が飛び出るほど貴重な素材だらけだったよな」

「きっと、ユチ様の前世の善行が結晶となって大地から出てきているのでしょう」

ルージュは自信満々な顔で頷いているが、さすがにそれは違うだろうよ。

「ワシも考えたんですがの。元々、この土地にはたくさんの高級素材があったんだと思いますじゃ。そこに生き神様のスキルによって土地全体が聖域化し、素材の生産スピードが格段に上がっているのですじゃよ」

「へぇ～、そんなことがあるんですかね」

にわかには信じられなかった。だが、ソロモンさんが言うのだからそうなんだろうなぁ。

「いずれ、しっかりとした調査をしてみましょうぞ。もしかしたら、この土地は世界でも特別な場所かもしれませんですじゃ」

「私めは古代世紀と深い関わりがあると考えております」

「ハハハ、そんなまさか」

ふたりが突拍子もないことを言い出すので、思わず笑ってしまった。古代世紀とは、すでに失われた超文明時代のことだ。今よりずっと、動物も植物も魔法もいろんな技術も栄えていたと聞く。空を飛ぶ城、天にも届くくらい巨大なゴーレム、深海まで行ける馬車……。ほとんど伝説上の扱いとされているモンスターたちも、たくさんいたそうだ。

「生き神様、ルージュ殿の言うことは十分可能性がありますぞ」

「古代世紀と関係があれば、この土地は世界的にも重要な土地となります」

「いやいやいや、ありえないって。さすがに都合よすぎでしょうよ。アハハハハ。まぁ、それはそうとして、今度フォキシーを呼ぼうか。こんなレア素材を見たら喜んで買ってくれそうだよ」

これだけは確実に言えるが、古代世紀とデサーレチは絶対に関係ないはずだ。まったく、ふたりとも冗談が下手だなぁ。

□□□

「ひぃいいい！　誰か助けてくんねぇかー⁉　おで、こんなとこで死にたくねえよー！　お頼み申すー！」

「『誰か助けておくんなましー！』」

すっかり恒例となってしまった、ルージュにマッサージされている時だった。荒れ地の方から叫び声が聞こえてくる。

「な、なんだ⁉　誰かの悲鳴が聞こえるぞ！」

「行ってみましょう、ユチ様」

「よ、よし……と、その前に服っ！」

「ユチ様！　そんな時間はございません！」

「あっ、ちょっ！」

半裸のまま連れ出される。荒れ地の方で小柄な人たちが、俺の三倍くらいはある大きなモンスターに襲われていた。おまけに、敵はゴブリンやスライムなんかのザコではなかった。

「うおっ、Aランクのメガオークじゃねえか！　こりゃ大変だ！」

Bランクモンスターであるオークの上位種だ。くすんだ深緑の肉体にはたくさんの傷が刻まれ、戦闘経験の豊富さがうかがえた。右手に携えた大鉈が非常に恐ろしい。彼らに魔法攻撃はできないが、その代わりに強靭な肉体を持っている。こいつも筋肉ムキムキなので、一撃でも殴られたら大怪我をしてしまいそうだ。

「ユチ様、まずはあの者たちをこちらに呼びましょう！」

「よ、よし！」

俺とルージュは大声を張り上げる。

「おーい！　こっちだー！　早くこっちに来ーい！」

「こちらに逃げてくださいませー！」

俺たちが叫んでいると、彼らも気づいたようだ。全速力でこちらに走ってくる。意外と足が速くて、メガオークを置き去りにしてきた。

「お、おい、大丈夫か!?」

「ぶひゃー！　助かったー！　おではもう死んじまうのかと思ったぞー！」

「「わてらも助けてくれーい！」」

飛び込んできたのは、ドワーフの一行だった。みんな小柄で立派な髭を生やしている。先頭にいたドワーフ娘が一番豪華な格好だった。もしかしたら、この子がリーダーかもしれん。

「怪我はないか!?　大変だったな！」

「ユチ様のお近くにいれば安心でございますよ」

メガオークは荒れ地の方からジリジリと近づいてくる。俺たちを見て慎重になっているようだ。だが、引き返す様子はない。それどころか、気持ち悪くニタリと笑っていた。

「ひいいい！　またあいつが来たー！　お助けー！」

ドワーフ娘は俺の後ろに隠れる。メガオークはかなり強力なモンスターだ。何と言ってもAランクだからな。村の中に入ったら結構な被害が出るかもしれない。

「ルージュ、ここで食い止めるぞ」

「仰せのままに。私めが処理して参ります」

あっ、そうか。ルージュは元Sランク冒険者だった。そういえば、彼女のバトルはまだ見たことがない。ちょっと楽しみかも。ルージュがメガオークに向かおうとした時だった。

「生き神様！　ワシにお任せくださいですじゃ！」

ソロモンさんがシュバババババッ！　とやってきた。

「ソ、ソロモンさん、めっちゃ足速いですね。畑の方にいたはずじゃ……？」

「騒ぎを聞きつけて、大急ぎで走ってきましたじゃ！　あのモンスターを倒せばいいのですな！　超魔法が使いたく……いや、困っている人の助けが聞こえたのですじゃ！」

ソロモンさんはウキウキしている。古の超魔法が使えそうだからだ。しかし、この距離で使うのはさすがに危ない気がする。
「ユチ様、ここは私めにお任せください」
超魔法が炸裂する前に、ルージュがスッと出てきた。不気味なほど静かな所作でメガオーク
へ向かう。いつの間にか、彼女の両手には短剣が握られていた。ど、どこから出したんだ。
『ガアアアア！』
うおおおお、メガオークの生咆哮だ。さすがにAランクモンスターだな、結構迫力があるぞ。
しかし、ルージュはまったく怖気づいていない。静々と歩き、メガオークの目の前に着いた。
『ゴアアアア！』
すかさず、メガオークが殴りかかる。ルージュはピクリとも動かない。お、おい、危ない
ぞ！
「ユチ様の領地に無断で入ろうとするのは私めが許しません」
ルージュが音もなくナイフを振るう。俺に見えたのはそれだけだった。キラリと日の光を受
けて、ナイフの軌跡が見えただけだ。
『グオオオオ……オ？』
その直後……メガオークが分解された。体が爆発したとか、切り裂かれたとかではなく、分
解されたのだ。メガオークの体が目玉や皮、爪、肉などなど、体のパーツに分かれて地面へ落
ちる。しかも落ちるだけじゃなく、部位ごとに整理整頓されていた。

「「……え？」」

俺もソロモンさんも領民たちもドワーフ一行も、呆然とするしかなかった。あまりにも一瞬の出来事で、何が何だか意味不明だった。ルージュはハンカチで短剣を磨きながら歩いてくる。ふんわりとしたメイド服にさえ、一滴の血もついていなかった。キュッキュッと拭く音がその恐ろしさを増している。

――こ、これがSランク冒険者の実力か……。

領民たちはおろか、ソロモンさんですらプルプル震えている。

「な、なんという恐ろしい力の持ち主ですじゃ」

「ル、ルージュさんめっちゃ強いな……」

「さ、さすがは生き神様のお付きの方だ」

「エ、Aランクのメガオークがあんなに簡単に倒される……いや、分解されるなんて」

なんか、ルージュならひとりで魔王軍も倒せそうだな。

「ユチ様」

「は、はい！」

いきなり、ルージュに話しかけられビクッとした。俺も分解されてしまうのだろうか。ちょうどいい具合に裸にされてるし。

「素材も売れるので回収しておきましょう。あとで私めがまとめておきます」

「う、うん、そうだね」

ルージュが短剣をしまったのを見て、ようやく安心できた。

「助けてくれてホントにあんがとな！　おではドワーフ王国の王女ウェクトルと申すもんだ」

「え？　王女様だったんですか？　これはまたお偉い方ですね。俺は一応領主のユチ・サンクアリと申します、どうぞよろしく……いててて！」

ウェクトルさんはめちゃくちゃ力が強い。握手しただけで手がヒリヒリした。

「まぁ、とりあえず俺の家に案内するのでついてきてください」

「どっひゃー！　それにしても、すんげえ領地だなぁ！　おでの国より栄えてっなー！」

「「こんりゃあ、えれーことだなー！」」

ドワーフ一行は案内されながら村を見て、めっちゃ驚いている。感情豊かな性格らしい。そのうち、俺の家に着いた。

「んで、ユチ殿！　ここは何という場所なんかいな？」

「あ、デサーレチです」

まぁ、わかっていたが、デサーレチと聞いてドワーフ一行は固まった。そして、その直後みんなで大騒ぎし始めた。

「ここはデサーレチだったかいな!?　この世で最も死に近い土地と言われる、あのデサーレチ!?」

「あらゆる苦痛が存在しているという、あのデサーレチだってーな⁉」

「死ぬより辛い苦しみを味わいたかったらそこに行け、と言われるデサーレチ⁉」

ドワーフ一行はどっひゃー！　と驚いている。なんかまたリアクションの激しい来客だな。

ルージュがピキピキし始めたので、俺は慌てて本題に移る。

「そ、それにしても、皆さんはどうしてあんなところにいたんですか？」

道に迷ってしまったのだろうか。

「おでたちは探し物をしてたんよ。〈ゴーレムダイヤモンド〉って知ってっか？　オーガスト王国の王様へ献上品を作ったはいいが、〈ゴーレムダイヤモンド〉だけ手に入らなくてなぁ。素材集めの旅に出たんよ。そしたら命の危険ばっかりでな！　ガハハハッ」

ウェクトルさんたちはめっちゃ軽いノリで話している。いや、そんな笑い話で済ましていいのか。

「〈ゴーレムダイヤモンド〉ならたくさんありますよ。使えそうなのあります？」

引き出しから適当にゴソッと出した。

「「ヴぇっ⁉」」

ドワーフ一行は目を点のようにして固まる。何度か見たような光景だった。

「「そ………そんな簡単に出てくるのー⁉」」

どっひゃー！　どっひゃー！　と祭りのように騒いでいた。

「他にも、〈フローフライト鉄鋼石〉とか〈永原石〉とかあるんですけどいります？　というか、鉱山に案内しますよ」

「「!?」」

そのまま、デスマインに連れていく。彼女らの喜びようは言うまでもなかった。


ひとしきりお土産をあげて、家に帰ってくる。

「ユチ殿！　ごんなずばらじい土地は初めでだ！」

ウェクトルさんたちは、涙と鼻水をダバダバ流して喜んでいた。

「あ、ありがとうございます。帰りはソロモンさんに王都まで転送してもらいますからね」

「「大賢者のソロモンまでいるだ⁉　王都に転送⁉　この土地は天国だったかいな……グジュッ！」」

床が汚れたのでルージュがピキる。すかさず、俺の家で待機していたソロモンさんを呼ぶ。

「ソ、ソロモンさん！　転送お願いします！　超魔法使ってください！」

「ほいきた！　待ってましたですじゃ！　さて、お主らには転送用の魔法札もあげますじゃ。ここに来たくなったら破りなされ」

「「そんな待遇まで……グジュグジュグジュッ‼」」

床の盛大な汚れもルージュのピキりも限界だ。

「じゃ、じゃあ、また来てくださいね」

「『この御恩は一生忘れませんだ！』」

「【エンシェント・テレポート】！　この者たちを王都に転送せよ！」

「次来る時はハンカチを持ってくるようにお願いいたします」

ということで、無事にウェクトルさんたちも王都に転送された。

「それでは、ワシは荒れ地の方に行ってみますかの。まだメガオークの残りがいるかもしれんですからな」

「いや、絶対にいませんって！　ちょっと、ソロモンさん、ソロモンさん！」

興奮しているソロモンさんを引き留めるのは、なかなかに大変だった。

ウェクトルたちは興奮冷めやらぬ様子で王宮へ向かっていた。
「姫様、これで王様へ無事に献上できますする」
「ユチ殿には感謝してもしきれんだ。ユチ殿は救世主だったんね」
ドワーフ王国とオーガスト王国は、古くから友好的な関係を結んでいた。その印として、互いに献上品を交換するのが習わしだった。だが、最近は近くの魔王領が慌ただしくなって、採掘計画が上手くいっていなかったのだ。それにしても、とウェクトルはデサーレチのことをずっと思い出していた。

——あんなに貴重な鉱石の山は見たことないだ。いずれ、絶対にまた行くんだかんな。

ウェクトルたちの献上品を見て、オーガスト王と王女は歴代で最高に喜んだ。デサーレチの話を聞いて、さらに驚き興味を抱き、彼らの話は夜まで続く。そして、そのウワサはサンクアリ家にまで届くのであった。

□□□

「さてと、だいぶ村は聖域化できてきたな。あのデサーレチがこんなに栄えるとは俺も思わなかったぞ」

「ユチ様の御業のおかげで、目まぐるしく発展しておりますね。では、マッサージを再開いたします」

「い、いや、だから、もう……」

俺はいろいろ諦めながら領地を見ていた。ひび割れていた地面は消え、全て柔らかそうな草地となっている。まぁ、畑はジャングルだけど元気がいいってことだよな。デスリバーも日の光を受けてキラキラと輝いている。デスマインなんて霊山みたいな雰囲気だ。心なしか輝いて見えて、なかなかに美しい光景だった。ここがあのクソ土地だったなんて、誰も信じられないだろう。

「へえ！　ずいぶんと栄えてるじゃねえかよぉ！　とんでもないクソ土地ってウワサじゃなかったのか⁉　ええ⁉」

村を眺めていると、やたらうるさい男の声がした。荒れ地の方からだ。そういえば、村の中や奥にある畑や川は聖域化したが、荒れ地はまだだった。村の入り口を境に、瘴気まみれの土地と聖域が区分けされているって感じだな。

「また来客か？　最近はよく来るな」

「いいえ、ユチ様。あの者どもは客ではないようです」

ルージュが険しい顔をして、荒れ地の方を睨んでいる。村に向かって十数人の男が歩いてきた。ずかずかこちらへ向かってくる。相手を威嚇するような凶悪な服装なんだが……どうした？

見るからに商人ではないよな。かと言って、冒険者でもなさそうだ。

「頭ぁ！　あんなところに村がありますぜ！」

「まるで入ってきてほしいと言ってるみたいじゃないかよ！」

「こりゃあ、お邪魔するしかないですぜ！　ちょっくら休ませてもらいましょうや！」

どいつもこいつも、質の悪そうな瘴気がまとわりついている。ほっといたら死んでしまいそうなくらいだった。

「あんなに栄えてりゃ、旅人を丁重にもてなすのは当たり前だよなぁ！　楽しみでしょうがねぇや！　おい、お前ら、裸のヒョロい男がいるぞ！」

「「ギャハハハハハ！　なんだよ、あいつ！」」

悪い奴アピールがすごいな、こりゃまた。先頭にいるヤツなんか、袖のところがビリビリに引き裂かれた服を着ている。ズボンに至っては穴だらけだ。モンスターに襲われたのだろうか。

「こんなところに何しに来たんだろう？　商売のつもりじゃなさそうだし」

「見たところ、盗賊団の類のようです。きっと村を襲いに来たのでございます」

「ゲッ、マジかよ。盗賊団かぁ」

騒ぎを聞きつけて、ソロモンさんもやってきた。

「どうしましたかの、生き神様」

「ああ、なんか盗賊っぽい人たちがこっちに来るんですよ」

盗賊団はみんな、胸のあたりにひょこっと瘴気が見える。邪悪な心の持ち主のようだ。ソロモンさんは男達を見ると、ニッコリ笑った。

「どれ、ワシが超魔法で八つ裂きにしましょうかの」

「いえ、私めが処理いたします」

ソロモンさんは超魔法を、ルージュは分解の準備を始める。

「あっ、ちょっ、待っ」

俺が止める間もなく、十数人の屈強な男性たちが集まってきた。彼らは領民たちの中でも特に正義感と肉体が強く、選りすぐりの精鋭たちだ。

「いや、おふたりの手を煩わす必要もありません。俺たちが戦います」

「そうですよ。私たちにやらせてください」

「なんか気持ちが高ぶってきたな」

いつの間にか、みんなの身体は弾けるくらい筋骨隆々になっていた。村で採れる作物やら魚やらを食べているから、自然とパワーアップしたんだろう。盗賊団なんか一撃で葬り去りそうだ。

「では、みんなで行きましょう。私めについてきてくださいませ」

「「はーい」」

「ちょーっと待ったあああ！」

俺は彼らの前に慌てて立ちはだかった。裸のままで死ぬほど恥ずかしいが、そんなこと気にしていられなかった。

「生き神様、どうして止めるのじゃ？」

「ユチ様はお休みになられていてよろしいのでございますが」

ソロモンさんもルージュも、ポカンとしている。本当に、どうして止めに入ったかわからないようだ。

「いくら盗賊団でも殺しはダメですよ！」

ソロモンさんは何らかの覚悟を決めた顔をしている。

「ワシはもう我慢するのやめたですじゃ」

「一番我慢しなきゃいけないとこー！」

ルージュの手には短剣が握られていた。

「さて……」

「頼むから、短剣はしまってくれー！」

領民たちに至っては、誰が真っ先に盗賊団をぶちのめすかで相談していた。

「実は私、格闘術を習ったことがありまして。最近、また訓練を始めたんですよ」

「実は俺、剣術にハマっていて。最近、巨大な岩を砕けたんだよ」

「実は僕、ソロモンさんに魔法を教えてもらってまして。最近、【エンシェント・ファイヤーボール】を覚えたんですよ」

「タンマ！　タンマ！　タンマ！　殺しはダメ！」

必死にみんなを説得するが、全然戦闘態勢をやめない。

「いや、そんなことを言いましても……ワシだってそろそろ超魔法でスッキリしたいのじゃ」

「ユチ様に向かってあのような暴言。万死どころか億死、いや兆死に値します」

俺の領地で殺人事件など起きてほしくない。超魔法なんか使ったら、あいつらが木っ端みじんに吹っ飛ぶ。ルージュに至っては、生きたまま例のアレをやりかねない。ど、どうすればいい。そんなことをしていたら、盗賊団が村の入り口まで来てしまった。

「おい、お前が領主のユチ・サンクアリかよ？　ずいぶんと弱そうなヤツだな」

先頭のリーダーと思われる男は、獅子を想像させるような髪型だ。

「俺たちはAランク盗賊団〔アウトローの無法者〕だ。俺がリーダーのアタマリな。ボンボンのお坊ちゃまでも名前くらいは聞いたことあんだろ？　ええ？」

「〔アウトローの無法者〕……アタマリ……」

屋敷に閉じ込められていた俺でも、名前くらいは聞いたことがある。あらゆる金庫や倉庫を破ってしまう盗賊団だ。

「名前が重複（ちょうふく）しておりますじゃ」

「クソダサいグループ名でございますね」

ふたりの指摘にアタマリたちは額がビキッとしていた。言っちゃいけないことだったらしい。が、アタマリはすぐに大声で叫んだ。

「父親が直接殺しを頼むなんて、よっぽど親子仲が悪いみたいだなぁ！　ま、恨むんなら自分のしょぼい人生を恨んでくれや！」

何がそんなにおかしいのか、ギャハハハ！　と大笑いしている。というか、父親が殺人を依頼したってマジか。本当に俺が邪魔のようだ。アタマリが余裕の表情で村の敷居を跨ぐ。

「あっ、勝手に入らないでくれよ」

「へっ、俺様に命令すんじゃねえ。今からぶっ殺してやるからな。ビビッてちびるんじゃねえぞ」

アタマリが村に入ってくると同時に、その身体にくっついている瘴気が苦しみだした。

『ギギギギ……！』

聖域化の効力はまだ存分に残っているらしい。自動で浄化されていくようだ。

「こんなクソガキを殺すだけで２０００万エーンもらえるなんてな。楽な商売だぜ」

「ユチ様……」

「ああ、瘴気が浄化されているな」

アタマリは何やら言っていたが、瘴気が気になってそれどころじゃなかった。

『ギギギギギギギ………キャアアアアア！』

あっという間に、アタマリの瘴気が消え去った。

「おい、聞いてんのか⁉　まあいい。一発で楽にしてやるからじっとしてろよ。さあ！　さっさと死………ここで働かせてくださあああああい‼」

突然、アタマリが叫び出す。さっきまでのヘラヘラした感じはどこかに消え去っていた。それどころか、ビシリと直立不動で立っている。

「え？　い、いきなりどうした？」

「領主様、いや、ユチ様！　どうか私ども〔アウトローの無法者〕をここで働かせてください！　我が命、燃え尽きるまでユチ様のために使います！　こんなに美しい気持ちになったのは初めてです！」

ビシーッという音が聞こえそうな勢いでお辞儀する。とてもキレイな直角だった。

「か、頭？　どうしました？」

「何を言っているんです？」

「俺たちはこいつを殺しに来たんですよ？」

盗賊団もポカンとしている。

「うるせえ！　お前らも早くユチ様に忠誠を誓うんだよ！　ユチ様、申し訳ございません！　私の教育の不行き届きのせいでございます！　どうか、どうか、お見逃しください！」

必死にペコペコするアタマリを見て盗賊団が殺気立った。

「てめえ！　頭に何しやがった！」

「頭が謝ることなんか、絶対にないんだよ！　ズタズタに引き裂いてやる！」

「簡単に死ねると思うな！」

勢いよく村に入ってくる。そして、彼らの瘴気も消えていく。

『ギギギギギ……キャアアアアアア！』

「「この野郎！　ぶち殺してや…………俺たちもここで働かせてくださあああい！」」

いきなり、アタマリと同じく直立不動の直角お辞儀をしてきた。あまりの急展開に理解が追いつかない。

「な、なにが、どうしたんだ？」

「おそらく、生き神様の聖域によって改心したんでしょうな」

「瘴気と一緒に彼らの邪悪な心も浄化されたと考えられます」

そんなことがあるのか？　でも、確かに瘴気は消え去ってるしな。

「ほら、もう大丈夫だぞ。辛かったよな」

「生き神様の近くにいればもう安心だ」

「さあ、俺たちと一緒にここで働こう」

領民たちが優しく彼らの肩を抱く。

「「はい、よろしくお願いします……うっ……うっ……ユチ様に出会えて本当によかった……！」」

（元）盗賊団たちは、泣きながら領民に連れていかれる。何はともあれ、危機は去ったらしい。

【生き神様の領地のまとめ】

◆〝キレイな〟Aランク盗賊団〔アウトローの無法者〕

あらゆる倉庫や金庫を破っていた盗賊団。

アタマリを頭とした十数人のグループ。

もう少しでSランクになれそうだった。

ユチの作った聖域により改心し、人生をユチに捧げることを誓う。

実態は優秀な鍛冶(かじ)職人の集団。

第三章：瘴気の巣と古の世界樹

「さあ、ユチ様。まだまだこれからでございますよ」

「い、いや、もうずいぶんと時間が経っているような気がするのだが……」

相変わらず、俺はルージュによる卑猥(ひわい)なマッサージの餌食になっていた。無論、身につけているのはパンツのみだ。どう頑張っても、毎回毎回半裸にされちまう。

「せ、せめて、特製オイルとその手つきはやめてくれないだろうか……」

「お断りいたします。無理な注文でございます」

ルージュにピシリと断られてしまった。前から知っていたが、彼女は結構意思が強いタイプなのだ。こうなったら、自然に飽きるのを待つしかない。と言っても、せいぜい一週間くらいで飽きるだろうしな。気長に待つだけだ。

「それにしても、瘴気たちはどこから来るんだろう？」

「私めも気になっておりました」

俺が村を聖域化するたび、瘴気は浄化されて消えていく。だが、しばらくすると、どこから新しい瘴気がやってくるのだ。聖域化のスキルもパワーアップしたようで、以前より持続力が伸びていた。だから、ほっとけば勝手に消えちまうのだが、やっぱり気になっていた。

「領民たちはみんないい人だから、邪な心に引き寄せられているとは考えにくいけど」

「どこかに吹き出し口のような物があるのでしょうか」

「なるほど……それはあり得るな。だとすると、もう一度領地を詳しく調べた方がいいな」

そんなことを話していると、ソロモンがやってきた。

「生き神様、そんな渋い顔をしてどうされましたかな？」

「ええ、瘴気がどこから来るのか考えてまして……」

ソロモンさんも一緒に考え出した。やがて、ポンッ！　と手を叩いた。

「そうじゃ！　おそらく、村で一番大きな木が原因かと思いますじゃ」

「一番大きな木……ですか？」

「詳しく教えてくださいませ」

「実際に見た方が早いですじゃ！　生き神様、さっそく行きましょうぞ！」

「だ、だから、服を……！」

「ユチ様はそのままで素敵でございます」

「お願いだから、ちょっ、待っ」

結局、半裸で連行される。諸々諦めてソロモンさんについていく。

「いつ見ても、生き神様のお身体は神々しいな」

「ああ、涙が出るほど素晴らしいよ。もはや、見ているだけで癒されるようだ」

「あのぬらりとした質感がたまんねえや」

俺がほぼ全裸で歩き回ることも、すっかり定着してしまった。このあたりもいずれどうにかしないとな。最近に至っては、来客にも裸で対応することが多い気がする。オーガスト王国の王女様とか来たら大変だぞ。まぁ、絶対にあり得ないけど。アタマリたちはと言うと、毎日村で汗を流して働いていた。

「おい、お前ら！　仕事があるって最高だな！　俺なんか毎日幸せだよ！」

彼らが自作した鍛冶場では、アタマリが槌を振るいながら泣いている。部下たちも涙を流していた。

「頭の言う通りでさ！　働くのがこんなに素晴らしいことなんて、ユチ様にお会いするまで知らなかったぜ！」

「これが生きがいって言うんだろうな！　ユチ様に出会ったおかげで生きる意味が見つかったぞ！」

「ああ、なんて幸せな生活なんだ！　俺は一生ここに住み続けるぞ！　デサーレチで存分に仕事をするんだ！」

彼らの服装や見た目もめっちゃくちゃ変わっていた。髪型は清潔そうな短髪になり、衣服は動きやすい鍛冶師みたいな格好になっていた。どうやら、領民たちが散髪したり服を分けてあげたりしたらしい。凶悪な雰囲気は消え去り、むしろ爽やかなキラキラエフェクトが出ている。

どこからどう見ても、立派な鍛冶職人たちだった。

「そのうち、俺たちが迷惑をかけた人たちへ謝りに行かねえとな！　お前らもそう思うだろ⁉」

アタマリが額の汗を拭き、部下たちに話しかける。

「おっしゃる通り！　俺たちは心を入れ替えたんだ！　これからは真面目に真剣にユチ様、人様のために働くぜ！」

「今になって思えば、なんで盗賊なんかやっていたんだろう⁉　恥ずかしくてしょうがねえや！」

「盗んだ宝も全部返して、壊した倉庫やら金庫やらも全部直しに行くぞ！　ああ、今から楽しみになってきた！」

デサーレチに来た時とは想像もつかない変化だ。彼らがこんなに真面目になるなんてなぁ。人間変われば変わるもんだ。いずれはデスマインで採れた鉱石の加工もやりたいと言っている。

「ユチ様がいらっしゃったぞ！　礼っ！」

「「ユチ様！　我々に生きがいのある仕事を与えてくださり、誠にありがとうございます！未来永劫、ユチ様のために尽くします！」」

例のごとく、直立不動の直角お辞儀で挨拶された。彼らは芸術品のように規則正しく並んでいる。むしろ、こっちが恐縮するほどだった。

「いや、だから、そんなにしなくていいから……」

「永遠に崇め続けなさい」

「「はいっ！」」

彼らのおかげで、村の建物はどんどん立派に豪華になっていった。掘っ立て小屋みたいだったのが、今や王都顔負けの家並みだ。デサーレチは元々広いので、みんな大きな平屋に住んでいる。俺の家に至っては……もはや宮殿のようになりつつあった。今まで住んでいたところでいい、と言ったんだが、どうしてもやらせてほしいとのことだった。

「ユチ様！　仕事が遅くて申し訳ございません！　ユチ様のお屋敷は、村で一番最高の家にいたしますから！　もう少しだけお待ちください！　お前ら、気合入れていけよ！」

「「はいっ！」」

まだ工事中だが、全容がなんとなく見える。横長の平屋みたいで、適度なとんがり屋根がセンスよく配置されている。屋敷というか、もはや小さな城だな。近くだと全体が見えないくらいだ。

「アタマリたちは意外と美的センスもあったんだなぁ。というか、村に来てからそんなに経っていないのに、ここまでできるってすごいじゃないか」

「襲ってきた時からは想像もつきませんね」

村を抜け十分ほどで貧相ながらも木々が生えている森に着き、周囲を浄化しながら五分も歩いたら開けた空間に出た。中心には瘴気が噴き出している大樹がある。

「生き神様なら、きっとあの樹も浄化できるはずじゃよ」

「ユチ様、どうぞ御業を見せてくださいませ」

俺たちの前にある樹はとても大きい。その分、瘴気もたくさんあった。ここを浄化すれば、村全体も安心だろう。さてさて、最後の瘴気退治になるかもしれんな。

□□□

「うっ、こりゃまたすげえ瘴気だな」

「とんでもないクソ大樹でございますね」

大樹の幹は見たこともないくらい太かった。大人が十人くらい手を繋いで囲んでも、まだまだ届かないくらいだ。おまけに大樹は背も高い。下から見ただけじゃてっぺんが見えないな。よじ登っていったら天国まで行っちゃいそうだ。上を見ていると高すぎて首が痛くなってくるわけだが、葉っぱはそのほとんどが枯れ落ちてしまっている。太い枝も皮が剥がれていて痛々しかった。おそらく、というか絶対に瘴気のせいだろうな。

「今にも倒れそうじゃないか。ん？　なんか樹が動いているような気がするな」

俺たちが近くに行くと、大樹がユラユラしたように見えた。まるで、何かの合図を送っているような……。

「きっと、ユチ様に浄化されるのを待っていたのでございます」

「ハハハ、そんなまさか、樹に意思があるわけでもあるまいし」

葉っぱにも幹にも、どす黒い瘴気がまとわりついている。樹はボロボロでひび割れているところまである。誰がどう見ても、今にも倒れそうな老木といった感じだ。要するに、ほとんど枯れかけだった。よくもまぁ、腐らずに生えているもんだ。

「この大樹はワシがデサーレチに来た時から、ずっとここに生えておりましたじゃ。どこから来たのか、誰にもわかりませぬ」

「へぇ～、確かに古そうな樹だよなぁ……見るからに樹齢がすごそうですよね」

大樹からはブシュゥ……ブシュゥ……と瘴気が噴き出している。全体が瘴気の巣となってしまっていた。近づくのもためらうほどだった。デサーレチを覆っていた瘴気は、ここが原因だったんだろう。

「こいつを浄化すれば、もう新しい瘴気はやってこないだろうよ。よし、さっそく……」

ルージュが演説を始める前に、素早く聖域化させたい。最近は、なんかスピードも上がってきたしな。上手くいくはずだぞ。幸いなことにいつもの台も見当たらないし、村からはそこそこ離れている。さすがに大丈夫だろう。これ以上晒されるのはやめてほしいところだ。

「皆さま方、お集まりくださいませ！　ユチ様の御業のお時間でございますよ！　これを見逃すと一生の損でございます！」

そう思っていたのに、ルージュは近くの木に登ると村へ向かって叫び出した。おまけに、手にはラッパみたいな拡声器まで持っている。彼女のパワーアップした声が響き渡ると、領民たちが猛ダッシュしてきた。子どもから大人までみんな元気いっぱいだから、わずか数分で全ての領民が大集合。お忍び浄化計画は早々に破綻した。

「生き神様の御業が何度も見られるなんて、至福の瞬間でございます！」

「これを見るために生きているようなもんだ！」

「ほんと、この村で生活していてよかったぜ！」

領民たちは大盛り上がりだ。

「おい、お前ら！　いったん作業は中断だ！　ユチ様のところに行くぞ！　俺たちを改心してくださった御業のお時間だ！」

アタマリまで部下を引き連れてやってきた。領民たちと一緒に、ハイテンションで騒ぎまくる。

「見ているだけで心がキレイになるようだ！　病みつきになるな、これは！」

「ユチ様のお力は他では絶対に見れないぞ！」

「何て素晴らしい光景なんだろう！　ここに来れて、俺たちは本当に運がいい！」

結局、村中の人達が集まってしまうこととなった。仕方がない、そうと決まったらさっさとやるか。大樹の根元に行き、魔力を集中する。〈全自動サンクチュアリ〉発動！　ゆっくり大樹の周りを歩き出す。瘴気が次々と苦しみ出した。

『ギギ……ギ』

『ギギギギギ』

『ギッギギッギ』

幹の根元近くの瘴気はもちろん、葉っぱや枝にくっついているヤツらもブルブルしている。

俺の〈全自動サンクチュアリ〉は上空の方にも効果があるんだな。地面だけかと思っていたが、そうでもなかったようだ。

『『ギギ……キャアアアア！』』

俺のスキルに耐えられず、瘴気は消え去っていく。そして、瘴気が消えたところからどんどん変化が現れた。葉っぱは明るい緑になり、枝は丈夫そうになり、幹は立派な皮で覆われ始め……樹も生命力を取り戻しているのがわかる。

「あの大樹が輝きだしたぞ！　生き返っているんだ！」

「生き神様にできないことなんて、もはや何もないんじゃないか⁉」

「神から与えられし聖なる力だー！」

領民たちもわあああ！　と盛り上がっている。ひとしきり歩いていたら瘴気は全部消えちまった。

「ユチ様、デスドラシエルをご覧くださいませ」

「こりゃぁ、さすがのワシもぶったまげたじゃよ！」

少し下がってデスドラシエルを見上げる。大きな樹なので、近くでは全体がよく見えなかったのだ。

「こりゃぁすげ……」

幹は艶が出るほどの漆黒の皮で包まれ、葉っぱは鮮やかな緑色になっていた。その全身はキラキラと輝いてる。さっきまでの老木感はどこかに行ってしまったようだ。

〈死の大樹デスドラシエル〉
レア度：★12
非常に貴重な古代種の大樹。葉っぱ一枚一枚に不老不死の力が宿っている。何十年かに一度、特別な実をつける。その実からは精霊が生まれると言われている。

「レ・ア・度・12だって⁉　そんなことあり得るのかよ⁉」

諸々のレア度の最高は10なのが常識だ。それを2つも超えるなんて……さすがは古代の樹だ。

「「やったー！　バンザーイ！　村の大樹が復活したぞ！　これで村も安泰だ！」」

領民たちのボルテージはマックスだ。デスドラシエルの周りで、どんちゃん騒ぎのお祭りが始まる。彼らは本当に嬉しそうだ。そりゃそうだよな、ずっと瘴気に汚染されていたのだ。俺は領主の務めが果たせたようで、少しホッとしていた。

「では、ユチ様もマッサージの方を始めましょう。特製オイルとマットも持って参りましたので、準備万端でございます」

「こ、ここでやるの？　せめて、服をだな……」

「ユチ様、こちらにちょうどいい具合に平らなスペースがございます」

領地が歓喜の渦に包まれていく中、俺はいつまでも服を着れないのであった。

【生き神様の領地のまとめ】

◆〝キレイな〟死の大樹デスドラシエル

村で一番大きな樹。

推定樹齢は数千年。

瘴気に汚染され、瘴気の巣と化していた。

実態は古の世界樹の流れを引いているとんでもなく貴重な大樹。

瘴気にやられ死にかけていたところをユチに救われた。

何が実るかはお楽しみ。

□□□

「ほおー！　これがあのデサーレチですか！　発展したとウワサで聞いていましたが……なんとまぁ、こんな立派になって！　ほおー！」

いつものごとく、半裸マッサージされている時だった。村の入り口で誰かが叫んでいる。なんか、最近どんどん人がやって来るようになったな。いや、ちょっと待て。また村を襲う輩じゃねえだろうな。

「普通のお客さんか、招かれざる客かどっちかな」

「ご心配なく、ユチ様。不敬な輩は私が分解いたしますので。さあ、参りましょう」

「だ、だから、服を……！」

入り口まで行くと、白髪の爺さんが村を覗いていた。偉大な魔法使いをイメージさせるくらい顎髭が長い。瘴気はくっついていないから、悪いヤツではなさそうだ。

「あの、どちら様ですかね？　俺はデサーレチ領主のユチ・サンクアリと言いますが……」

「突然訪れてすみませんの。私はオーガスト王立魔法学院の学長をしております、レジンプトと申します」

「え!?　マジですか!?　なんでまたそんな偉い人が……」

オーガスト王立魔法学院と言えば、王国でトップの学院だ。一番最初にできた学校で、その歴史は数千年はあると聞く。何人もの有名な魔法使いを輩出している学院だ。

「が、学長でいらっしゃるんですか？　どうしてこんなところに……？」

「なに、会議ばかりで疲れましてね。息抜きがてら旅をしてたんですよ。今も会議があるはずなんですが、もうそんなの知らんですわ。ハッハッハッハッハッ」

レジンプトさんは楽しそうに高笑いしている。い、いや、それは大丈夫なのか？

「と、とりあえず、村の中へどうぞ。たいしたおもてなしもできませんが」

「お入りくださいませ、クソサボり学者様」

「こ、こら、やめなさい！」

レジンプトさんにも聞こえたはずだが、変わらずニコニコしていた。俺はホッとする。結構心が広い方なのかもしれない。村の中をざっと案内する。

「いやぁ、しかし……本当にここがデサーレチとは、にわかには信じられませんなぁ。以前来た時は、見渡す限りのとんでもない荒れ地でしたのに……」

今やデサーレチはかなり豊かな村となっていた。地面には柔らかい草が生い茂り、キラキラと輝いている。村を吹き抜ける風でさえ、癒しの効果があるような爽やかさだった。領民がきちんと整備してくれているので、道も歩きやすい。家だってアタマリたちがせっせと建てているので、王都みたいな雰囲気だ。

「いったい、何があったんですかの？」

「元々ここは瘴気に汚染されまくっていたんですが、俺のスキル〈全自動サンクチュアリ〉で聖域化しまくったんですよ」

事の経緯を簡単に説明した。レジンプトさんは唖然とした様子で聞き入る。

「まさか……あの瘴気をそんな簡単に浄化できるスキルがあるとは……私も初めて聞きましたぞ。オーガスト王立魔法学校にもいないでしょう。あなた様はすごい人物なのですな」

「はぁ、そんなにすごいんですかね」

外の事情はよく知らないんだよな。ずっと屋敷に閉じ込められていたから。

「せっかくですので、もっと見学させてはいただけませんかな？」

「ええ、どうぞ」

まず、俺たちは畑に案内した。デスガーデンだ。相変わらずジャングル畑になっていた。

「ここが村の畑です。デスガーデンって名前なんですが、すごいレア作物が無限に収穫できて……」

「ぬお⁉」

レジンプトさんは目をまん丸にして固まる。

「あ、あの～、レジンプトさん？」

肩をちょんちょんとするが、まったく反応がない。

「返事がございませんね。死にましたか？」

「ルージュ⁉」

「こ、こんな素晴らしい畑が……この世にあるのですか……」

レジンプトさんは畑を見たまま、プルプルと震えている。

「あの世にはあるかもしれません。一度逝かれてみてはいかがでしょうか？」

「や、やめなさいよ、ルージュ」

「す、すごすぎる……！」

そして、興奮冷めやらぬ様子で畑に飛び込んだ。

「これは〈フレイムトマト〉ではないですか⁉　あそこに実っているのは〈フレッシュブルレタス〉⁉　こっちにあるのは、げ、げ、げ、〈原初の古代米〉ですよ⁉　私も見たのは初めてです……！　こ、ここは宝の山だー！　ひょえーい！」

レジンプトさんは畑の中を子どものように走り回る。地面に寝転がったり、ツタによじ登ったり、はっちゃけている。子どもたちと楽しそうにはしゃぎまわっているので、止めるに止められない。

「なんか……いろいろストレスが溜まっていたみたいだな」

「しばらくそのままにしておきましょう」

少しすると、レジンプトさんが帰ってきた。

「さて……お見苦しいところを見せてしまいましたな」

　今度はデスリバーに連れて行く。

「ここが水源の川です。死の川デスリバーなんて呼ばれてますが、それはそれはキレイな川でして……」

「こ、これはまさかの〈ライフウォーター〉じゃないですか⁉　しかも、この川全部⁉　そ、そんなことあるー⁉」

　驚きのあまり、レジンプトさんのキャラが崩壊してしまった。

「ま、まぁ、さすがに俺も最初はビックリしましたね。でも、本当だったんですよ」

「死の川ですって⁉　とんでもない！　これは命の川ですよ！」

　レジンプトさんは手で水をすくって、大事そうにすすっている。と、思ったら、子どもたちと一緒にバシャバシャ泳ぎ始めた。

「レ、レジンプトさん⁉」

「あれでは子どもとたいして変わりませんね」

「いや、ほら、疲れているんだろうからさ、そういうことはあまり……」

　しばらく泳ぐと、ご満悦な顔で上がってきた。

「ふうう……楽しかったですぞよ……さて、服を乾燥させますかね。ちょっと失礼、【ワーム・ドライ】！」

温かい風で服を乾かしている。魔法学院の学長だもんな、これくらい楽勝なんだろう。

「他にもいろいろありまして、あっちに鉱山があるんですが、行ってみますか？」

「ぜひぜひ！　お願いします！」

　ということで、今度はデスマインに連れていく。

「この鉱山からは激レアな鉱石が……」

「ウィ、〈ウィザーオール魔石〉がこんなにたくさん！　こっちには、〈ラブラヒールストーン〉！　〈ゴーレムダイヤモンド〉まで⁉」

　レジンプトさんはしきりに、はぁーっとか、ほぉーっとか驚いていた。

「お土産に少し持って帰ります？」

「……え……いいんですか」

「どうぞどうぞ、いくら採掘しても永遠に出てくるので」

　お土産にいろんな宝石やら鉱石をちょっと渡す。最後に、デスドラシエルまで連れてきた。

「つい最近浄化できたんですが、死の大樹デスドラシエルと呼ばれていた大きな樹です。この樹が瘴気の巣になっていたんですよ」

　幹が太くて高い樹がズドーンとそびえ立っている。これもまた、キラキラ輝いているようで見事な光景だった。

「……ぃえ？」

レジンプトさんはまた口を開けたまま固まってしまった。

「だ、大丈夫ですか？　レジンプトさん？」

「ユチ様。彼は昇天してしまったようですね。たび重なる驚きに耐えられなかったのでしょう」

「だから、そういうことを言ったらダメだって……」

「こ、こ、こ、これは、古の世界樹の末裔ですよ！　古代世紀は何千年も前に滅びたはずなのに……あり得ない……ぜ、ぜひ、詳しく調べさせていただけませんか……？」

「調査ですか？　別にいいですよ」

レジンプトさんは、今までで一番驚いている。やっぱり、この大樹が最も貴重なようだ。そのうちソロモンさんが歩いてきた。

「生き神様～、ここにいらっしゃったんですじゃね。ちょっとこっちに……」

「お、お師匠様！」

ソロモンさんを見た瞬間、レジンプトさんがすごい勢いで跪いた。

「んぬ？　お主はレジンプトではないか。いやぁ、久方ぶりじゃの。まさか、デサーレチで会うとはの」

「はっ！　私もお師匠様にまた会えて幸せでございます！　突然姿を消してから数十年。どこを探してもいらっしゃらなかったのに、こんなところにいらっしゃるとは……」

「え？　ソロモンさんって、レジンプトさんの師匠だったんですか？」

「ああ、そうじゃよ。どれ、元気にやっておるかの？」

レジンプトさんは感激したように、ソロモンさんと握手している。しばらく、ふたりは楽しそうに話していた。

「さて、お主を魔法学院まで転送してやろうかの。もちろん、魔法札もあげるじゃよ。お主もこれくらいはさっさとできるようになりなされ」

「送っていただけるのですか……！　お土産までいただけるし、なんて素晴らしい土地なんだ……！　ユチ殿、本当にありがとうございました！」

「まぁ、またいつでも来てください」

ソロモンさんが転送の準備をする。

「【エンシェント・テレポート】！　この者をオーガスト王立魔法学院に転送せよ！」

「お帰りになったらユチ様の素晴らしさをお伝えなさいませ」

「はい、承知しました！　それでは、ユチ殿！　またお会いしましょう！」

ということで、レジンプトさんは笑顔で転送されていった。

「さて、弟子との再会を記念して景気づけに超魔法を一発……」

「やらないでくださいね！」

オーガスト王立魔法学院に帰ったレジンプトは、まずいろんな人に怒られた。

「学長！　探したんですよ、どこに行かれていたんですか⁉」

「突然いなくなるのは止めてくださいって、いつも言ってるじゃありませんか！」

「会議だって書類の確認だって、やることは無限にあるんですよ！　そこんとこわかってるんですか⁉」

こっそり自室に帰ったつもりだったが、待ち構えていた部下たちに捕まってしまった。部屋の中に勢揃いしていたのだ。四方八方からけたたましく怒鳴られまくる。

「お、おお……ふ……ちょ、ちょっとした散歩じゃよ」

上手くごまかしたつもりだったが、全然ダメだった。

「一週間かかる散歩ってなんですか⁉　それは散歩とは言いません！　旅行です！」

「ちゃんと仕事してくださいよ！　学長で止まると、ずっと進まないんですから！」

「諸々延ばすのはもう限界です！　さ、会議に行きますよ！」

ぎゃいぎゃい怒鳴られながら、会議室へ連行される。レジンプトはがっかりしながら、ユチたちのことを考えていた。

——そのうち、またユチ殿のところに行こう。

デスドラシエルの調査もそうだが、それ以上にレジンプトはユチとデサーレチが気に入っていた。学院の特級標本に相当する貴重な素材の数々……あれだけの数と質を見たのは初めてだ。それも全て、あの素晴らしいユチ殿のおかげなんだろう。何より、あそこに行けば童心に帰れるような気がするのだ。ルージュという美人からの罵倒も素晴らしかった。

——仕方がない、面倒な会議に行くか。デサーレチのことを皆に報告せんといかんからな。そういえば、今日は王様と王女様もいらっしゃると聞いていた。ちょうどいいタイミングじゃ。ユチ殿とデサーレチの素晴らしさをお話しよう。レジンプトはデサーレチで経験したことを、それはそれは楽しく詳細に国王と王女に話す。ユチとデサーレチに対する彼らの興味心は、もはや留まるところを知らない。そして、その話はサンクアリ家にも届くのであった。

□□□

「さっさと出て行けえええええ！　この愚か者おおおお！　いくらポーションを飲んでも治らんだろうがあああああ！」

「お、おやめください！　エラブル様！　いてっ！　物は投げないでくださいって！」

医術師へ向かって、灰皿やペーパーナイフやらを投げまくる。街で一番有名という話だったが騙されたようだ。咳はまったく治まらないし、熱だって下がらない。目はかすむ、腹は痛い、頭は痛い、胸は痛い……もはや、健康なところを探す方が大変だった。

「貴様にいくら払ったと思っているのだあああ！　どうして治せないのだあああ！　貴様は本当に医術師なのかああああ！」

「エ、エラブル様！　私にもどうにもできないほどの病なのでございます！　こんなに消えない瘴気は、初めてでございます！」

「黙れえええ、黙れえええええ、黙れえええええ！　貴様の無能の言い訳をするなああああ！　瘴気など、どこにもないではないかああああ！」

　こいつの調合するポーションはやたらと高く、二週間で２５００万エーンも払った。いや、クッテネルングの分もあるから、合計５０００万エーンだ。効果はないどころか、体調はより悪化している。ものすごい大損をしてしまった。この医術師のせいだ。

「貴様のせいでさらに具合が悪くなったじゃないかあああ！　どうしてくれるのだあああ！　この詐欺師めえええええ！」

　私は医術師の首を締め上げる。だが、全然力が入らなかった。

「ひいい、命だけはお助けを！」

　医術師は大慌てで走り去る。まったく、医術師の風上にも置けないヤツだったな。

「ゲホオオオオッ！　この街にはろくでもない医術師しかいないのかああああ!?　使用人んんんん！　私が呼んだらさっさと来ないかあああ！」

「も、申し訳ございません、エラブル様！　この街にさっきの医術師以上の方はいないかと……！　てめえがそんなんだから、治るもんも治んねえんだよ。このデブキノコが」

「何か言ったかあああ⁉」

「いえ、なんでもございません！」

おかしい、あれからさらに身体の具合が悪くなっている。いくら高価なポーションを飲んでも、一向によくならないのだ。いったい、どれだけ質の悪い風邪にかかったというのだ。騒いでいるとクッテネルングが来た。私以上に体調が悪いようで、死んだゴブリンのような目をしていた。

「ち、父上ぇぇぇ……医術師はぁぁぁ……？」

「あんなヤツ追い返したわあああ！」

「エ、エラブル様、お手紙でございます。例の盗賊団の方たちからです」

そこで、使用人が手紙を持ってきた。少しだけ気持ちが晴れる。ユチの殺害が完了したのだ。

「ふんっ、さっさと渡せえええええ」

奪い取るように手紙を受け取る。クッテネルングもワクワクした様子だった。

「やれやれ、クソユチが死んだと思うと楽しくなるなあああ」

「クソ兄者の死にざまは、どんな感じかなぁぁぁ？」

私たちは嬉々として手紙を読んでいく。だが、読み進めるにつれ怒りが抑えきれなくなってきた。

「なんだ、この手紙はあああ！」

「どういうことだよぉぉぉ！」

盗賊団にしてはやけにキレイな字でこう書いてあった。なぜか言葉遣いも、初対面の時からは想像もつかないほど美しい。


【依頼は中止いたします。ユチ様にお会いしましたが、大変素晴らしい人物でございました。出会っただけで天命を受けました……この人の元で働けと。私たちの心が美しくなるのを感じました。私はきっと、ユチ様にお会いするために生まれてきたのでしょう。というわけで、私たちはユチ様に人生を捧げます。さようなら、デブキノコ様】


「ふざけるなあああああ（ぁぁぁ）！」

クッテネルングとともに、手紙をめちゃくちゃに破り捨てる。はらわたが煮えくり返るほど腹立たしい。デブキノコだと！　ふざけるな！　私ほど見目麗しい男など、この世にふたりといないだろうが！　私に対する暴言もそうだが、何よりも……。

「ゴミユチの元で働くだとおおお!?　人生を捧げるだとおおお!?　寝言は寝てから言えええええ……ゲホッ！　ゴホッ！　ガッハアアアア！」

「なに、クソ兄者の仲間になってるんだよぉぉぉ！　ちゃんと仕事しろぉぉぉ……ガホッ！

ゲッへェ！」

「あいつらに払った1000万エーンが無駄になったではないかあああ！」

高価なポーションと合わせると、恐ろしいほどの損失だ。おまけに、セリアウス侯爵の代わりになりそうな取引先も決まらない。こ、このままではまずいぞ。ぐう、どうする……いや、まずはユチの始末だ。損失の穴埋めについては、あいつを殺してからゆっくり考えよう。そうと決まったら、すぐにでも新しい刺客を用意しなければ。急いでサンクアリ家と繋がりがある裏の組織に手紙を書く。覚悟しろ、愚息が。最高の暗殺者を呼んでやる！

数日後、暗殺者がやってくる日が訪れた。待ちくたびれたぞ。

「ゲホオオオオッ！　れ、例のヤツは来ているのかあああああ⁉」

私はいつものように使用人を怒鳴りつける。

「は、はい！　いらっしゃっています！　もう部屋の前までご案内いたしました……って、あれ？　どこに行った？」

使用人の後ろには誰もいない。マヌケな顔でキョロキョロあたりを見ていた。

「この愚か者おおおお！　誰もいないではないかあああああ！　私をなめているのかあああああ！死刑にするぞおおおお！」

「お、お待ちください、エラブル様！　確かに、さっきまでここに……！」

「貴様が今回の依頼人か」

気がついた時、私の背後にそいつはいた。びっくりして心臓が止まりそうになった。

漆黒の暗殺者〔ジェットブラック〕。裏では名の知れたSランクの殺し屋だ。その名の通り、漆黒の衣服に身を包んでいる。黒すぎて男か女かもわからん。

「お、驚かすなあああ！　部屋に入ったのなら、入ったとそう言えええええ！」

「うるさい。殺人の依頼と聞いているが？」

ずいぶんと偉そうなヤツだ。その不敬な態度をへし折ってやろうとしたが、威圧感がすごくて諦めた。

「こ、この男を殺せえええ！」

私はユチの似顔絵を机に叩きつける。

「…………フンッ、マヌケそうな顔だな」

「そいつは私の愚息、ユチ・サンクアリだあああ。今はデサーレチで領主をやっておるううう。そいつの首を持ってこいいいい」

「デサーレチね……ずいぶんと辺鄙(へんぴ)なところだ」

いつの間にか、クッテネルングは姿を消していた。あの臆病者が。

「それとAランク盗賊団〔アウトロー〕の無法者〕も、なぜだかユチの仲間になったようだあああ。そいつらも一緒に殺してこいいいいい！」

「わかった。容易(たやす)い御用だ」

「貴様のことを信用していいんだろうなあああ？　決して安い金ではないぞおおお！」

こいつに支払ったのは盗賊団どもの時の5倍、５０００万エーンだ。しかも、全額前払いときた。我がサンクアリ家はそこら辺の金持ちとはわけが違うが、さすがに無視できる金額ではない。ポーションのこともあって、そろそろ負担がのしかかってきた。

「わかっている、私はプロだ。金さえ払えば、どんな仕事でも確実に達成する。今までの依頼達成率は１００％だ」

「よい結果を期待しているぞおおおお」

その直後、すでに〝ジェットブラック〟は消えていた。気配がないどころか、音すらしなかった。さすがは、手練れの暗殺者だ。私は安心する。これなら、ユチを殺すことは簡単だろう。さて、祝いの高い酒を用意しておかんとな。クソユチめ、覚悟しろ！　ゲホオオオオオッ！

ガッハアアアアアア！

□□□

「さて、デサーレチの瘴気はもう全部浄化しきれたのかな」

いつものごとく、ルージュに半裸マッサージをされている。今まではスキルを使った後が定番だった。だが、もはや朝昼晩と最低三回が定着しつつある。おかげで疲れはまったく溜まらないのだが、せめて服を着させてほしい。

「もうほとんど瘴気はないと思いますが、念のため確認してみてはいかがでしょうか」

確かに、ルージュの言う通りだ。瘴気は取り残すと面倒くさいからな。また巣みたいのができることもあるし。ほとんどの瘴気は〈全自動サンクチュアリ〉で浄化できた。だが、残っているヤツがいるかもしれん。

「一応見回りしておくか。領民や作物に悪い影響があるとまずいしな」

「私めもお供いたします。それにしても、ユチ様は本当に聡明な方でございますね。こんなにもデサーレチの人々のことを考えてらっしゃるなんて……」

「ほ、ほら、泣くほどのことじゃないからね……」

ルージュは大袈裟に泣いている。そんなに褒められるようなことでもないんだが……。領民のことを考えるのは領主として当たり前だしな。特に来客とかはいないようで、今回は服を着られた。俺は心底ホッとする。ルージュと一緒に屋敷から出ていく。

「私が今こうして楽しく暮らしていられるのも、全てはあの時ユチ様が助けてくださったからでございます」

「え？　あ、ああ、あれね……」

ルージュは俺の父親が連れてきた。どうやら、その見た目を気に入ったようで、やたらと身の回りの世話をさせていた。ところが、父親はアレなので、無理矢理自分の部屋に連れ込もうとしたことがあった。で、阻止したのが俺。それ以来、屋敷内の風当たりはさらに強くなったわけだが、彼女が無事だったから別にどうでもいいんだよな。

「この御恩は一生をかけてお返しする所存でございます」

「まぁ、これからも楽しくやっていこう」

「ユチ様……」

ということで、さっそく村を歩き始めたわけだが。

「どこらへん探せばいいかな？」

デサーレチは広いから、ある程度検討をつけておきたい。

「歩き疲れに関してはご心配には及びません。私めがすかさずケアいたしますので」

「いや、まぁ、そういうことじゃなくてね」

村を歩いているとアタマリたちがいる。結構朝早いのにもう働いていた。心の底から仕事が楽しいようだ。

「ユチ様！　おはようございます！　今日も素晴らしい佇（たたず）まいでいらっしゃいますね！　お前ら、ユチ様がいらっしゃったぞ！　礼っ！」

「「おはようございます！　毎日仕事をさせていただいて、ありがとうございます！」」

例のごとく、とんでもなく規律正しいお辞儀をされる。

「そ、そういうのは本当に言わなくていいから……って、あれ？　あの建物はなんだ？　新しく作ったの？」

恐縮していると、彼らの後ろにある背が高い建物に気づいた。全長はデスドラシエルの十分の一より小さいくらいだが、家にしてはずいぶんと高さがある。造りは木造のようで、中はスカスカで梯子が丸見えだった。

「はっ！　こちらは物見やぐらでございます！　〈ガラスクラブ〉の素材を使った望遠鏡も備えておりますので、デサーレチ全体が見渡せます！」

「へぇ～、物見やぐらか。便利な建物を造ってくれたね」

「はっ！　身に余るほどのお言葉でございます！　ユチ様のためならば、どんな物でもお造りいたします！」

アタマリたちはビシーッとお辞儀する。

「ユチ様のおかげでデサーレチは発展しておりますから、モンスターなどに襲われる危険性もございますね。見張りを配置してもよろしいかもしれません」

「ふむ……」

この前はメガオークがうろついていた。荒れ地には元々モンスターも多いし、忘れられがちだが魔王領も近いんだよな。今日だって遠方に魔王領の黒い影が見える。おそらく馬車を走らせても半日はかかりそうな気はするが、いずれ武器とか防具とかも揃えた方がいいかもしれん。

「ちょっと使ってもいいか？　デサーレチの全体を見たいんだ」

「はい！　それはもちろん！　どうぞお使いください！　お前ら！　ユチ様をご案内しろ！」

アタマリたちに連れられ、やぐらを登る。さすがは優秀な鍛冶職人のようで、スイスイ上に行けた。登り切ってみると、なかなかの高さだった。

「すげえ、結構遠くまで見渡せるぞ」

「見渡す限り全ての領地がユチ様の物でございます」

と、そこで、森の中に瘴気の塊が見えた。デスドラシエルのあった森だ。森全体の瘴気はデスドラシエルを浄化したら一緒に消えた。だが、その一角だけヤツらが残っている。

「あそこに瘴気がたくさんいるな。あいつらはしっかり浄化しといた方がよさそうだ」

「他には特になさそうでございますね。瘴気らしき影は見当たりません」

瘴気が溜まっているのは森の一角だけだ。ルージュの言う通りみたいだな。

「じゃあ、さっそく向かうとするか。あっ、だからといって、領民たちは呼ばなくてい……」

「デサーレチの皆さま！　ただ今より、ユチ様が御業を披露してくださいます！　どうぞ、一緒に来てくださいませ！」

ルージュが声を張り上げたとたん、家のドアがいっせいに開かれた。元々声がよく通るうえに、俺たちはやぐらの上にいる。村には二十五軒ほどの家があるのだが、その全てに聞こえたのは間違いない。まぁ、何となくそんな予感はしていたがどうしようもなかったんだ。

「みんな起きろ！　生き神様の御業のお時間だ！　朝から見せてくださるみたいだぞ！」

「今日はなんて素晴らしい日なんでしょう！　今からワクワクしてきてしまいましたわ！」

「寝ているヤツは全員起こすんだ！　生き神様のお力が見れないなんて、大損もいいところだぞ！」

瞬く間に村の半分くらい、総勢四十人くらいの領民たちが集まってくる。みんな本当に嬉しそうな顔をしていた。お祭り騒ぎになりつつある始末だ。

「ではユチ様、降りてくださいませ。皆さまがお待ちでございます」

「う、うむ」

「「うおおおお！　生き神様が降臨なさったぞー！」」

ただ物見やぐらを降りただけなのに、すごい称賛されてしまった。

「じゃ、じゃあ、デスドラシエルの森へ行きますかね」

「「はい！　どこまでもお供いたします！」」

というわけで、領民たちを引き連れて森を目指す。いつもの展開となってしまったわけだが、俺は安心していた。何はともあれ、今回は服を脱ぐことにならなくてよさそうだからだ。沼に入るわけでもあるまいしな。

□□□

「うぐっ、こいつはまたすごい瘴気だ」

「とんでもないクソ沼でございますね」

デスドラシエルの森を北東に進んでいくと、瘴気が溜まっている沼に出た。俺が七、八人くらい浮かべそうな大きさだ。デスドラシエルとデスリバーの源泉とここを結ぶと、ちょうど大きな三角形が描けるのかな。沼は黒っぽくドロドロしていて見るからに汚い。後ろをついてきた領民たちもタジタジだ。

「うげぇ……あんなに瘴気が溜まってやがる」

「ここもずいぶんと酷いですね。近寄ることすらできません」

「生き神様がいらっしゃらなかったら、どうなっていたかわからないぞ」

そのあたりだけ木々は枯れ果て虫一匹いない。沼はデスリバーの水源地より、やや大きいくらいかな。森の中にこんなところがあるなんてなぁ。そして……。

「瘴気もすごいんだが、なんか熱い気がするぞ」

「これはただの沼ではないようですね。熱湯のようでございます」

沼はブシュゥ……ブシュゥ……と瘴気を吹き出しているだけじゃなくてグツグツしている。

ルージュの言うように、大鍋でお湯を沸かしているみたいだった。

「入ったら火傷しそうだな」

「ユチ様、あちらをご覧くださいませ」

「ん？」

沼の真ん中あたりに瘴気が一番集まっている。

「あそこが中心のようでございますね」

「う、うむ、そうだな」

——ちょっと待て、この流れは……。

「では、ユチ様、服の方を脱いでいただいて……」

「タ、タンマ！　裸で入ったら火傷しちゃうよ！」

沼はグツグツしているし、熱そうな湯気まで出ていた。火傷もそうだが、また別の心配がある。せっかく服を着てきたのに、結局脱がされるのは避けたいぞ。

「ご心配には及びません。ユチ様、沼の近くで聖域化なさってくださいませ。そうすれば火傷にはなりません」

「ぬ、沼の近く？　わ、わかった」

沼の端っこに近づいて魔力を込める。〈全自動サンクチュアリ〉発動！　瞬く間に、俺の周囲が浄化された。淵に近いところの黒いドロドロは消え去り、白く濁ったお湯に変わった。

「なんか白くなったぞ」

「ちょっと触らせていただきます」

「あっ！　ど、毒とかあったら……！」

「大丈夫でございます。たとえあったとしても、ユチ様のおかげで浄化されております」

ルージュが何のためらいもなく手を突っ込む。さすがは元Sランク冒険者だ。度胸があるんだなぁ。

「なに？」

「ユチ様、ちょうどいい湯加減でございますよ」

俺も恐る恐る沼に手を入れてみる。あったかくて気持ちよかった。

「へぇ～お風呂みたいだな」

「ここから浄化を進めていけば火傷などいたしません」

「確かに」

やっぱりルージュは頭がいいなぁ……いや、これは……！

「では、さっそく服もお脱ぎくださいませ」

ま、まずい。デスリバーの時と同じだ。案の定といった展開になってしまった。

「い、いや、底なし沼かもしれないし！　そうだ、アタマリたちに舟でも作ってもらおうよ！その方が……！」

と、そこで、ルージュがやたらと長い木の枝を拾い上げた。ズドドドドッ！　と沼の底を突きまくる。

「ユチ様、底なし沼ではないようです」

「そ、そうすか」

なんでそう都合よく、長い木の枝が転がっているのか。俺はもういろいろ諦めていた。力なく服を脱ぐ。せめて、ルージュに脱がされるのだけは回避しよう。

「おぉ……生き神様の肉体は本当に素晴らしい……」

「神々しいオーラが出ているぞ」

「できれば、毎朝あのお姿を拝見したいなぁ」

領民たちに見られながら沼へ浸かる。もうしょうがないので、ずんずん中心へ向かう。こうなったら、さっさと浄化させちまおう。恥ずかしいから。俺の歩いたところが、あっという間に白いお湯に変わっていく。アタマリたちのむせび泣く声まで聞こえてきた。

「くぅぅぅっ！　ユチ様の御業はいつ見ても、常に素晴らしい！　俺たちの心を浄化してくださった時もあんな感じだったんだろうよ！」

「心が満たされていくのを感じるぜ！」

「あのような清く正しい人にずっとついていくのが、俺の人生の目標だ！」

やがて、沼の中心に着いた。でーん！　と大きな瘴気が我が物顔で浮かんでいる。心なしか、俺のことを見下しているような気がした。裸の男が何しに来た、といった感じだ。お前のせいで脱がされたんだぞ。〈全自動サンクチュアリ〉発動！

『ギ！　ギギギギ……！』

予想外の攻撃だったのか、瘴気が苦しそうに震えている。頼むから早く消えてくれよな。

『ギギギギ……キャアアアアア！』

瘴気の塊はあっけなく消え去ってしまった。そしてその直後、沼の様子が一変した。黒いドロドロがなくなり全部が全部、白く濁ったキレイなお湯になった。湯加減もちょうどいい。

「ユチ様！　最高の御業でございます！　私めも感動いたしました！　皆さま、拍手でお称えくださいませ！」

ルージュの合図で、わあああ！　と盛り上がる。何はともあれ、浄化が済んでよかったな。

〈死の沼デススワンプ〉
レア度：★10
浸かるだけであらゆる傷や病が治癒する沼。湯から上がっても一定期間（身体が冷めるまで）は、肉体が〈ゴーレムダイヤモンド〉並みに強靭となる。ほどよい熱さ。

マジか、これもレア度10かよ。デサーレチは宝の宝庫じゃねえか。なんかもういろいろすごすぎて、あまり驚かなくなってきたぞ。さて、もう出るかな。無事浄化は終わったわけだし。

俺がデススワンプから出ようとしたら、ルージュに止められた。

「ユチ様、もう少しお入りくださいませ」

「え？　ど、どうして？　もう瘴気は消えたのに……」

「ユチ様の成分を溶かし込んでほしいのです！」

「お、俺の成分？　いったい何を……？」

ルージュが叫んだとたん、領民たちが集まってくる。

「生き神様！　ぜひ、成分を溶かし込んでください！　俺たちは少しでも生き神様に近づきたいんです！」

「そうですよ！　せっかく少しは生き神様の成分が入ったのに、ここでやめたらもったいないですって！」

「生き神様の成分が入っているなんて、聞いただけで癒されます！」

みんなしきりに、俺はまだ湯に浸かっていろと言ってくる。

「あ、あの、ちょっ、俺の成分って言ったって別にそんな……」

「『さあ、みんなで生き神様を称えよう！　この沼は神聖な場所として崇めるんだ！　全世界でここにしかない聖なる沼だ！』」

どんちゃん騒ぎが始まってしまい、完全に出るタイミングを失った。

「皆さま、大変な喜びようでございますね！　私めもユチ様の成分に浸かれるなんて、今から楽しみでございます！」

「……う、うん、そうだね」

ここまで来たら、もうどうしようもない。森が歓喜の声に包まれる中、俺はいつまでもひとりで沼に浸かっていた。

【生き神様の領地のまとめ】
◆〝キレイな〟死の沼デススワンプ
デスドラシエルの森にある温かい沼。
白色でやや濁りがあり、てろんとした滑らかな水質。
瘴気に汚染されとんでもなく汚れていたが、ユチのおかげで本来の姿を取り戻した。
季節に関係なく一定に温かい。
ユチの成分も溶け込み領民たちは大喜び。

第四章：村の特産品と暗殺者の襲来

「ユチ様、力を抜いてくださいませ」

「う、うん、だからね……もうやらなくて……」

「生き神様！　ちょっと来てくださいませんかの！」

ルージュにマッサージされている時、ソロモンさんが飛び込んできた。もはや、すっかり定番の光景となってしまっている。そのうち何とかしないとな。

「ど、どうしたんですか、ソロモンさん」

なんかやけに興奮しているぞ。

「村の特産品を作ろうということになりましての。ぜひ、生き神様の知恵を貸していただきたいのですじゃよ」

「村の特産品……ですか？」

「そうですじゃ。最近、来客が多いですからの、何かデサーレチの特産品があれば、来客も楽しめるかと思うんですじゃ」

「なるほど……」

「それは素晴らしいアイデアでございますね」

デサーレチには貴重な素材が、それはそれはたくさんある。だが、加工した特産品的な物はまだなかった。いつも素材をそのまんま渡していたからな。デサーレチを象徴するようなお土産がひとつでもあれば、来客だって楽しめるかもしれない。

「どうですかな、生き神様？」

「名案だと思います」

「じゃあ、さっそくこちらに来てくださいですじゃ」

「あ、あのっ、その前に服をっ！」

服を掴むすんでのところで、ルージュに捕まった。

「皆さまがお待ちでございます、ユチ様」

「服着る時間くらいはあるでしょうに……！」

ということで、半裸のまま連れていかれる。少し歩いたところに、こぢんまりとしているが絶妙にオシャレな平屋があった。ネイビーの屋根にオフホワイトの壁。四角い窓は大きくて開放感がある。エントランスアプローチはアーチ状で、領民の家というわけではなさそうだ。

「ここでいろんな会議をしているのですじゃ」

「へぇ～いい建物ですね」

「アタマリたちも中におりますじゃ」

そのまま、中に案内される。なんだかんだ言って、どんな特産品ができるのか俺も楽しみだった。村が発展していくのを見るのは楽しいからな。

「お前ら、ユチ様がいらっしゃったぞ！　礼っ！」

「「よろしくお願いします！」」

「うわっ！」

部屋に入った瞬間、アタマリと彼の部下ふたりに勢いよくお辞儀された。びっくりしたぞ。

と、そこで、ルージュが前に出てきた。

「では、私めが司会を務めさせていただきます。村の特産品につきまして、何かいいアイデアはございますか？」

デサーレチを象徴する物ってなんだろうな。デスガーデン？　いや、それを言うなら川も鉱山もそうだし。だとすると、ここはデスドラシエルだろう。葉っぱを煎じて作ったお茶とか。

「ワシにいいアイデアがありますじゃ！　ぜひ、聞いてくださいじゃ！」

「どうぞお話しくださいませ」

さっそく、ソロモンさんが挙手をした。きっと素晴らしいアイデアを出してくれるぞ。何と言っても、伝説の大賢者だからな。みんながあっと驚く提案をしてくれるはずだ。

「生き神様のフィギュアを作るんじゃよ！」

「「おおお～！」」

……おい。

「デサーレチの象徴と言えば、生き神様以外にはおりませんじゃ！　生き神様を差し置いて、他の特産品を作ることなどできませぬ！」

「ソロモン様のおっしゃる通りでございますね。ユチ様がいらっしゃってこそのデサーレチです」

「あ、あの、ちょっ待って。お、俺のフィギュアなんて欲しい人いないんじゃないですかね」

すかさず、俺は抵抗する。こういうのは序盤が大事だ。まごまごしていると、あっという間に決まってしまう。

「サイズは六分の一スケールでどうじゃろうか！」

「よろしいかと存じます！　机の上などに飾りやすいでございますね！　私めは五十体ほど所望いたします！」

部屋のボルテージは一瞬でマックスになり、俺の声など誰にも届かなかった。アタマリも嬉しそうな顔で発言する。

「私たちが素晴らしいフィギュアをお作りいたします。ポーズも何種類か作りましょう。量産体制はこちらで整えます」

「承知いたしました。デザインは私めの方で用意いたします」

ルージュは絵も上手い。というか、何でもできるんだよな。

「では、ユチ様のフィギュアをお作りするということでよろしいでしょうか？」

そんなことを思っている隙に、俺のフィギュア製作が決まってしまった。し、仕方がない。

何はともあれ、ルージュなら心配いらんな。きっと、カッコいい衣装を描いてくれるはずだ。

「フィギュア以外にも、もっと特産品が欲しいところじゃが……」

「それでしたら、私めがいい案を考えております」

ルージュがスッ……と、やけに美しい挙手をする。その表情は晴れ晴れとしていた。頼むから俺のシリーズは止めてくれよ。と、言いつつ、俺は安心していた。優秀なメイドで元Sランク冒険者だからな。きっと、素晴らしい提案をしてくれるだろう。

「ユチ様のお顔が刻印された饅頭（まんじゅう）を作るのです！」

「「おおお～！」」

……って、おい。

「具材は畑や川で採れた物を使うとして、ユチ様のお顔の再現にこだわりたいところでございます」

「それでしたら、私たち〈アウトローの無法者〉にお任せください。最高品質の焼き型をお作りします！」

アタマリがドンッ！　と胸を張っている。すかさず、俺は抵抗した。

「で、でも、そんなにたくさん作ったらアタマリたちが大変なんじゃないの？」

「ユチ様、ご心配なく！　むしろ、私たちは仕事が増えて嬉しくてたまりません！」

その顔は光り輝いている。彼らの楽しみを奪うなどという酷いことはできなかった。

「では、これらの特産品は〝ユチ・コレクション〟として大々的にシリーズ展開していきましょうじゃ！　もっともっと生き神様のよさを外の世界に伝えるのですじゃ！」

「「おおお〜！」」

ソロモンさんの発言に、みんな揃って拍手する。満場一致もいいところだった。

「ユチ様もよろしいでございますね!?　私めはこれ以上ないほど素晴らしい計画だと思いますが！」

「そ、そうだね……いいと思うよ……」

うん、いいよ。みんなが楽しければ、もうそれでいいよ。

「ではさっそく、村の者たちにも知らせなければいけませんじゃ！」

「私めがお呼びいたします！　皆さま方〜、お集まりくださいませ〜！」

瞬く間に、領民たちが集まってくる。結局、俺になす術はひとつもなく村の特産品作りが始まった。


【生き神様の領地のまとめ】

◆ユチ・コレクション
デサーレチの特産品として作られる品々。

現時点で確認できるのは、ユチの六分の一スケールフィギュア（半裸）、ユチ饅頭（表情違いで三種類）。

どちらもユチの再現度が非常に高い。

今後、何が増えるかはお楽しみ。

□□□

「さっ、ユチ様！　次は剣を構えるポーズでお願いします！」

「あ、あの、もう疲れたんですけど……」

「何をおっしゃいますか。まだまだこれからでございますよ」

その日は珍しくマッサージをされていなかった。だが、半裸だ。ルージュがしきりに俺の体をスケッチしている。何でも、フィギュア製作の設計図なんだそうだ。結局、カッコいい衣装などは微塵（みじん）もなく、俺の半裸フィギュアが作られることになってしまった。

「な、なぁ、やっぱりフィギュアは止めようよ。誰も俺の人形なんか欲しくないって。ましてや裸のなんてさ……」

「いいえ、私めは二百体ほどいただきたく存じます」

フィギュア所望の数が著しく増えていた。ルージュは嬉々としてスケッチを進めていく。チラッと見えたが、とんでもなく上手かった。まるで俺がそのまま紙に入っているかのようだ。ということは、非常に精巧なフィギュアができてしまうということだ。

「せめて、もう少しデフォルメした感じにしようよ。俺だとわからないくらいに……」

「お断りいたします」

わかってはいたが、ピシリと断られてしまった。そういえば、アタマリたちは量産するとか言っていたよな。つまり、村中に俺の分身的な小型フィギュア（半裸）が置かれかねない。ま、まずいぞ、何とかしなければ……。また偉い人が来た時にどう説明すればいいのだ。王女様とか来たらさすがにヤバい。まぁ、絶対に来ないだろうけど。

「ユチ様！　失礼いたします！」

「うわぁっ！」

突然、アタマリたちが入ってきた。

「ど、どうしたのかな？」

「村の素材の加工を鍛錬したく、さまざまな装備品をお作りいたしました！　ぜひ、見ていただけませんか!?」

「装備品を作ったの？」

「はい！　ユチ様のフィギュアをお作りするまでに、少しでも鍛冶能力を高めておきたかったのです！」

アタマリたちの目は、見たこともないほど光り輝いている。今さら止めることなど不可能だった。

「いや、ほら、そんな気合い入れてくれなくていいからね……」

「では、さっそく俺たちについてきてください！」

このままだと、また裸で連れ出される。

「わ、わかった！　服を着るから、ちょっと待ってくれ！」

「私めのスケッチは終わっておりませんので、そのままでいてくださいませ。装備品をチェックしながらスケッチを続けさせていただきます」

「か、勘弁してくれ～！」

裸のまま連れていかれると、村の真ん中に装備品が山積みになっていた。

「こ、これ……全部、アタマリたちが作ったの？」

「はい！　全身全霊で作らせていただきました！」

俺たちの目の前には、恐ろしいほどまでに強いアイテムが置かれていた。

「ワシも少～しだけアドバイスしたじゃよ～」

「うおおおっ、ソロモンさん！」
いつの間にか、ソロモンさんが俺の後ろに立っていた。びっくりしたなぁ、もう。それにしても、この装備たちはすごいぞ。

〈ゴーレムの金剛剣〉
レア度：★10
〈ゴーレムダイヤモンド〉から製造された剣。同レベルの素材から造られた装備でないと受け止めることすらできない。

〈魔法対無敵鎧〉
レア度：★9
〈リフレクティング・マジカルシェル〉と〈プラチナ砂金〉が混ぜられている鎧。シェルと砂金の破片は、鎧の中で流動性を持つ。自動的に魔法の反射と無効化を行う。物理的な耐久力も超一級品。

〈大賢者の杖・量産タイプ〉
レア度：★8

伝説の大賢者ソロモンが使用する杖を参考に製作された。〈ウィザーオール魔石〉が含まれている。魔力が少ない者でも、この杖を装備することで大賢者の八割ほどの力を出せる。

〈ポータブル式バリスタ・試作タイプ〉
レア度：★7
個人での使用と持ち運びが可能とされたバリスタ。弾性力を増幅する魔法が込められている。わずかな力でも地面を大きく抉るほどの射出力を誇る。

〈自動飛行のからくり馬車〉
レア度：★9
〈フローフライト鉄鉱石〉から造られた浮遊できる馬車。〈永原石〉も使われているので、動力の補給は半永久的に不要。これを元に、空を飛ぶ城の設計が進められている。

「す、すげえ……どれもこれも、王国騎士団のレベルを遥かに超えているぞ」
「これだけ武器や防具があれば、敵襲があっても問題ないと考えられます」
さすがは、元Aランク盗賊団といったところか。アタマリたちの鍛冶スキルは王国でもトップクラスかもしれないな。シンプルな装備が多いので、領民たちでも扱いやすそうだ。だがしかし……。

「俺の顔が描いてあるのだが……」

剣にも鎧（よろい）にも、全ての装備品に俺の顔が刻印されている。

「はっ！　むしろ、そこに一番こだわりました！」

おまけに、刻印はうっすらと光っている。きっと、これもまた特殊な技術が込められているのだろう。もはや、俺にはどうすることもできなかった。

「そのうち、空を飛ぶ城や巨大なゴーレムなど、古代世紀の文明が復活するかもございませんね」

「ハハハ、ルージュは何を言ってるのよ。それはさすがにないって。いろんなすごい人たちが失敗しまくっているのに」

古代世紀の復活なんて聞いたこともない。文献自体はわずかながらも残っているから、それを頼りに復活を試みた人はたくさんいるらしい。だが、失敗の嵐だ。そもそも、必要な超激レア素材がまったく手に入らないのだから。たとえゲットできても、今度はとんでもなく優秀な人材を幅広く大量に集めなければならない。そんな土地がどこにあるのだ。ルージュは何でもできる代わりに冗談が下手らしいなぁ、ハハハハハ。

【生き神様の領地のまとめ】
◆デサーレチの装備品〝ユチ・シリーズ〟
村で採れた素材を元に製造された装備品。

全てレア度が★7以上という驚異のアイテム群。

共通して、ユチの顔が刻印（うっすらと光る）されている。

今後、何が増えるかはお楽しみ。

□□□

「早くしろぉぉぉ！　お茶会に遅れたらどうするんだぁぁぁ！」

今から大事なお茶会だというのに、使用人はちんたらしている。

「し、しかし、本当に出席なさるのですか？　クッテネルング様は招待されていないはずでは……それに、お身体の具合が……！」

「うるさいぃぃぃ！　僕ちゃまの言う通りにしろぉぉぉ！　馬車の準備をするんだぁぁぁ！」

「も、申し訳ございません！」

僕ちゃまが怒鳴りつけると、使用人は慌てて出ていった。今日はバロニール男爵家でお茶会が開かれると聞いた。招待状はもらっていないが、僕ちゃまは参加できる資格は十分に持っている。何と言っても、名誉あるサンクアリ伯爵家の次期当主だからね。

「さっさと馬車を出せぇぇぇ、このノロマァァァ」

「……承知いたしました。チッ、このデブキノコジュニアがよ」

「何か言ったかぁぁぁ」

「いえ、何でもございません！」

僕ちゃまが催促して、ようやく馬車が動き出す。これから楽しみに待っていた貴族のお茶会だ。まぁ、お茶会とは名ばかりにいい結婚相手がいないか探す会だね。シャロンちゃんに婚約破棄された傷もだいぶ癒えてきたから、新しい婚約者候補を探すのだ。だけど、楽しみな反面、心配なこともあった。

――僕ちゃまはモテるからなぁ。

女の子が僕ちゃまを取り合って喧嘩でも起きたらイヤだな。結婚できるのはひとりだけだし。いや、父ちゃまみたいに結婚してからも関係を持てばいいか。まったく、モテる男は辛いなぁ。

「デブキノコジュ……クッテネルング様、お屋敷に着きました」

少しばかり走って会場に着いた。貴族向けの馬車がたくさん並んでいる。どんなかわいい子がいるのか想像すると胸が高まるぞ。屋敷に歩いていくと、初老の執事が出てきた。

「いらっしゃいませ。あなたはどちら様でいらっしゃいますか？　……って、瘴気が！」

僕ちゃまを見て、鼻を押さえている。サンクアリ伯爵家に向かって、なんて偉そうなヤツなんだ。

「僕ちゃまはサンクアリ伯爵家のクッテネルングだぁぁぁ！　そこをどけぇぇぇ！」

「ク、クッテネルング様ですって⁉　しょ、招待状はお持ちでしょうか⁉」

執事は手で顔を覆っている。いい加減にその不敬な態度を直せ。

「あるわけないだろぉぉぉ！　サンクアリ伯爵家の方が偉いんだぁぁぁ！」

「お身体の具合が悪いようですし、お引き取りいただけますでしょうか……⁉」

進もうとするが、入り口にいた執事が立ちはだかる。

「うるさいぃぃぃ。僕ちゃまに指図するなぁぁぁ。貴様の評判を下げてやってもいいんだぞぉぉぉ」

「あっ、クッテネルング様！　……ぐっ、瘴気がすごくて近寄れない！」

執事を押しのけずんずん進む。庭を進んでいくと、テラスに座っている女の子たちが見えてきた。三、四人くらいで集まって、ドレスを見せあっていた。

「そちらのドレスはどちらで買われましたの？　花柄の刺繍が素晴らしいでございますわ」

「フォックス・ル・ナール商会の新作ですことよ。一番お気に入りですの」

「最近はフリル少なめのデザインが流行っているそうですわね」

なんと、シャロンちゃんがいた。端っこに座って、ころころ笑っている。いつ見てもかわいいじゃないか。いや、他の子達もみんな美人揃いだ。僕ちゃまを呼ばなかったのは、やっぱり取り合いになってしまうからだろうな。そして、少し離れた木の近くに男どもが数人いた。まったく、邪魔なヤツらだな。

「シャロン様、あちらの立派な殿方がチラチラ見ていますわよ。シャロン様とお話ししたいのではなくて？」

「ハンサリム子爵家のご長男、クルード様ではありませんか。お話しされてはいかがでしょうか？　シャロン様も気になっているんでしょう？」

「そ、それは……」

シャロンちゃんは顔を赤らめ下を向いてしまった。具合が悪いのだ。早く僕ちゃまのキスで治してあげなきゃ。

「シャロンちゃんんんん、また会えて嬉しいねぇぇぇ」

シャロンちゃんは僕ちゃまを見ると固まった。大きな丸い目をさらに見開いている。きっと、僕ちゃまを差し置いて、他の男と仲良くしているところを見られてしまったと思っているんだろう。

「大丈夫だよぉぉぉ、僕ちゃまは優しいからねぇぇぇ」

僕ちゃまは両手を広げて走り寄る。いっそのこと、みんなを愛してあげるよ。

「ぎゃあああ‼」

僕ちゃまの姿を見たとたん、みんながいっせいに逃げ出した。

「だ、誰か助けてー！　気持ち悪いーー！」

「じいや！　じいやー！」

「瘴気まみれの男性が近づいてくるわー！」

わき目もふらず、一直線に逃げていく。

「待ってよぉぉぉ、どうして逃げるのさぁぁぁ？」

追いかけていると、シャロンちゃんが転んでしまった。膝から血が出ている。大変だ、僕ちゃまの唾で消毒してあげないと。舌を伸ばして顔を近づける。

「いやーーーーー‼」

「シャロンさん！　私の後ろに！」

と、そこで、男が立ちはだかった。僕ちゃまの目の前で両手を広げている。

「貴様は何だぁぁぁ。今すぐそこをどけぇぇぇ」

「私はハンサリム子爵家のクルードです！　あなたこそいきなりなんですか！　招待状もなしにやってきて！　みんなイヤがっているんですよ！」

「なんだと、このぉぉぉ！　サンクアリ伯爵家に向かって、その偉そうな態度はなんだぁぁぁ！」

怒鳴りつけていると、バロニール男爵家の衛兵が走ってきた。

「おい、貴様はなんだ……うっ、すごい瘴気だ！」

「このままじゃ、ここも汚染されてしまうぞ！」

「今すぐ屋敷から追い出せ！　……ぐっ、瘴気が！」

使用人が謝りながら僕ちゃまをひきずっていく。

「すみません！　すみません！　本当にすみません！」

「離せぇぇぇ、どうして僕ちゃまが悪者になっているんだぁぁぁ！」

押し込まれるように馬車に詰め込まれ、サンクアリ伯爵家に帰ってきた。

「デブキ……クッテネルング様！　さすがにあれはまずいですよ！」

「なんだとぉぉぉ!?　貴様ぁぁぁ、僕ちゃまに逆らうのかぁぁぁ！」

「うわぁっ！　瘴気の唾が飛んでくる！」

使用人は大慌てで逃げていった。

——クソ兄者のせいで、いろんな女の子に嫌われたじゃないかぁぁぁ！　もう許さんぞぉぉぉ！

僕ちゃまは古のドラゴン復活に関する書物を集めまくる。偉大なスキル〈ドラゴンテイマー〉があれば、古のドラゴンですらテイムできるはずだ。どうやら、復活にはいろんなレア素材が必要なようだった。だが、何の問題もない。どれもこれも、サンクアリ家の資産を使いまくれば容易く手に入る。よし！　絶対にクソ兄者を葬り去ってやるぞ！

□□□

「す、すみません……どなたか……いらっしゃいますか……ぐっ」

「だ、誰か……」」

ルージュにマッサージ兼スケッチされている時だった。村の入り口で誰かの声が聞こえてくる。また来客だろうか。だが、様子がおかしい。とても苦しそうな声だ。

「なんかヤバそうだぞ。怪我人かな」

「急ぎましょう、ユチ様」

「わ、わかったから、服をっ……！」

「そんな時間はございません」

「ちょっ、待っ」

半裸のまま引きずられていく。急いで村の入り口に行くと、冒険者パーティーがいた。全部で四人だ。みんなボロボロで疲れ切っている。

「あ、あの、どうしました？　大丈夫ですか？　俺は領主のユチ・サンクアリと言いますが……」

先頭にいたリーダーらしき人に話しかけた。眩しいくらいの金髪に、明るいブルーの目が印象的だ。冒険者なのは間違いないだろうが、いいところのお坊ちゃんって感じもする。同い年に見えるが、俺より大人っぽい。

「と、突然、申し訳ありません……僕たちは冒険者パーティー〔キングクラウン〕です」

「え⁉　王国でもトップクラスに強いと言われるSランクの……！」

〔キングクラウン〕はオーガスト王国の勇者パーティーだ。

「そして、ぼ……僕はブレイブ・グロリアスと申します」

「ということは、あなたが勇者のブレイブさんですか？」

「は、はい、そうです……」

すげえ、本物の勇者だ。初めて見たぞ。しかも、グロリアス公爵家と言ったらオーガスト王国の三大名家のひとつだ。

「俺は……大剣使いのラージスだ」

黒い短髪で筋肉ムキムキの男性が名乗る。この人も全身が傷だらけだ。背中に担いだ大きなソードも刃こぼれしてしまっている。

「アタシは……女拳闘士のボクセルよ」

隣にいるのは、紫色のショートヘアの女性。ラージスさんほどじゃないが、こちらも筋肉質だった。身体に切り傷がいっぱいだ。

「私は……魔法使いのウツニと申します」

さらに隣にはグレーの長い髪の女性。立派な杖を持っていたが、先っぽの方が折れてしまっていた。

「皆さん、ボロボロじゃないですか。さっ、早く村に入ってください。ルージュ、デススワンプにご案内しよう」

「承知いたしました」

「森の方に、怪我によく効く沼があるんですよ。沼と言っても、温かいお湯ですから安心してください」

「か、かたじけない」

俺たちはブレイブさんたちを、デスドラシエルの森へ連れていく。

「僕たちは修行の旅に出ていたのですが、強敵との連戦が続きまして……魔王軍の配下との戦闘などもあり辛くも勝利したのですが、心身ともに限界を迎えてしまったのです。おまけに、道に迷ってしまいましてね。どうしようかと思っていたところ、こちらにたどり着いたのです」

「そりゃまた大変でしたね」

荒れ地の方には強いモンスターが多い。魔王軍の配下なんていったら、なかなかに大変だったろう。やがて、デススワンプに着いた。ほかほかと温かい湯気が立っている。ブレイブさんたちはびっくりしていた。

「レ、レア度10の沼があるんですか⁉　なんてすごい土地なんだ……」

「ここに入っていると、怪我が治っていきますよ。まずは、ゆっくり休んでください」

「ユチ様の成分も入ってございますよ！」

「そ、それは言わなくていいからね！」

いつの間にか、ルージュは着替えとかタオルとかいろいろ用意していた。ここは彼女に任せて、一度家に帰る。ようやく服を着れるぞ。と、思ったら、俺の服がなかった。ルージュがどこかにしまっちゃったらしい。

「お、おい、どこにあるんだよ。せっかく裸から解放されると思ったのに」

探していたらルージュが戻ってきた。

「ユチ様、皆さま上がりました。今は、向こうの屋敷でお食事の準備をしております。どうぞ、ユチ様も来てくださいませ」

「わかった、すぐ行くよ。ところで、俺の服がないんだけど、どこにしまったの？」

「皆さまお待ちでございます。さあ、参りましょう」

「た、頼むから、服を着させてくれ～い」

結局、半裸でブレイブさんたちのところに行く。

「ユチ殿、本当にありがとうございました。おかげさまで、元気が回復しました。怪我も完治しております。こんな素晴らしい土地は初めてです。しかも、鍛冶職人の方々が装備を修理してくださるとのことで……お礼のしようもございません」

「いえいえ、困っている人を助けるのは当たり前のことですから」

ブレイブさんたちは丁寧にお辞儀した。五、六人くらいの領民たちが、お馴染みの作物や魚を運んでくる。それを見ると、〔キングクラウン〕の面々は目玉が飛び出そうになった。

「「た、食べ物まですごいレア度だ……⁉」」

「いやぁ、このあたりではたくさん採れるんですよね」

ちょっと心配していたが、俺の半裸フィギュアは置いていなかった。どうやら、まだ試作品しかできていないようだ。量産体制に入るのはまだまだ先になりそうだな。ああ、よかった。

と、そこで、ルージュが嬉しそうに丸い何かを持ってきた。ま、まさか……。

「どうぞお召し上がりくださいませ。特産品の〝ユチ様饅頭〟でございます。中の具材はこちらで採れた食材を使っております。表情違いで三種類ございますので、お好みの物をお召し上がりくださいませ」

俺の顔が描かれた例の饅頭だ。どっさり持ってきた。こっちの焼き型は完成してしまったようだ。

「おお、美味しそうなお饅頭ですね！　いただきます！」

「俺はこんなに美味いもん食ったことねえや！」

「アタシもこれ、気に入ったよ！」

「食べるだけで元気が出るようですわ！」

みんなは美味しそうにバクバク食べる。

「ユチ様もお召し上がりくださいませ」

「う、うむ……」

ルージュがグイグイ勧めてくる。仕方がないので、俺は微妙な気持ちでかじった。なんか、共食いしている気分になるのだが。意外と美味かった。そのうち食事も終わり、ブレイブさんが静かに切り出した。

「ユチ殿、あなた様は僕たちの恩人でございます。あなたに出会えなければ、今頃どうなっていたかわかりません」

「いやいや、困っている人がいたら助けるのは当たり前ですよ」

「それで、こちらの素晴らしい土地は何という場所なんですか？」

「あ、デサーレチです」

何となく予想はしていたが、ブレイブさんたちは固まる。

「そ、それは誠ですか⁉　あらゆる苦しみがはびこっているという……あのデサーレチですって⁉」

「足を踏み入れただけで体が溶けてなくなるという、あのデサーレチだと⁉」

「死神の住処というウワサの、あのデサーレチ⁉」

「魔王領よりはるかに劣悪でこの世の掃き溜めと言われている、あのデサーレチなんですの⁉」

みんなわあわあ大騒ぎだ。さりげなくルージュを見たが、やはりピキっていた。相手が勇者パーティーでも容赦なしだ。

「ユチ様！　頼まれていた装備の修理が終わりました！」

ちょうどいいタイミングで、アタマリがやってきた。

「ありがとう、じゃあこちらの方々にお渡しして」

「こ、こんなすぐに修理ができるのですか!?　しかも、前よりさらに強い装備になっているじゃないですか!?」

ブレイブさんたちが驚いていると、ソロモンさんもやってきた。

「生き神様～、ちょっとよろしいですかの～。フィギュア製作でお聞きしたいところがあるんじゃが」

「「ええええ!?　伝説の大賢者、ソロモン様までいらっしゃるのですか!?」」

「おや、これは〔キングクラウン〕とな。また珍しい来客じゃや。ここはいいとこですじゃよ～。後で転送してしんぜようの。魔法札もあるじゃよ」

「「!?」」

ひとしきりわいわいしたところで、勇者パーティーは王都へ帰るということになった。

「ユチ殿、本当にありがとうございました！　この御恩は一生忘れません！　こんな素晴らしいお土産の数々までいただいて、お礼のしようもないです！」

ブレイブさんたちは、デサーレチの素材をたくさん持っている。俺の饅頭も。

「あ、あの、やっぱり饅頭はいらないんじゃ……」

「何をおっしゃいますか、ユチ殿！　今から王都のみんなに配るのが楽しみですよ！」

「は、はあ……」

「【エンシェント・テレポート】！　この者たちを王都に転送せよ！」

「「本当にありがとうございました！　またお会いしましょう！」」

　ということで、ブレイブさんたちは王都に転送されていった。なぜかルージュは悔しそうな顔をしている。

「ど、どうしたの？」

「ユチ様のフィギュア製作が間に合わなかったことが悔しくてなりません！」

　それに合わせて、ソロモンさんやアタマリまで悔しがりだした。

「生き神様の素晴らしさを皆に伝えるチャンスが……！」

「私は自分の不甲斐なさが申し訳ないです！」

「そ、そんなに真剣にならなくていいですからね……」

「さあ！　フィギュアの量産体制を早く整えましょう！」

「「おおお～！」」

　結局、すごい勢いでフィギュア製作が始まってしまった。

王都に戻ったブレイブたちは、晴れ晴れとした気持ちだった。デサーレチという豊かな土地のおかげで、無事に王宮へ帰ってこれたのだ。もしユチたちに出会わなければ、彼らは死んでいたかもしれなかった。魔王領の様子を探ってくるという、重要な任務も達成できなかっただろう。

「僕たちも、もっと修行しないといけないな」

ブレイブの言葉に〔キングクラウン〕も頷く。彼らは任務報告とともに、デサーレチとユチの素晴らしさを国王と王女へ事細かに話す。どこから漏れ出たのか、彼らの話はサンクアリ家の耳にも入るのであった。そしてその夜、王女がこっそり城を抜け出したことは誰も知らなかった。

□□□

「さて、次は盾を構えるようなポーズで……」

「も、もう勘弁してくれ～」

相変わらず、半裸スケッチされている時だった。

「ユチ様！　フィギュアが完成しましたよ！」

「生き神様に瓜ふたつじゃ！」

バーン！　と扉が開けられ、アタマリとソロモンが入ってきた。いつの間にか、俺のプライベートは欠片も残さず消え去ってしまった。

「では、こちらのテーブルにセッティングいたしましょう」

「承知しました！」

「ワシも手伝うじゃよ！」

みんなは楽しそうに人形を並べていく。

「「おおお～！」」

パチパチパチパチと拍手が響き渡る。ルージュが嬉しそうに話しかけてきた。

「ユチ様、ご感想はいかがでしょうか？」

「う、うん……よくできてるね……本当に」

目の前のテーブルには、男の半裸フィギュアが並んでいる。どこかで見たような顔だった。

〈ゴーレムの金剛剣〉らしきソードを構えているヤツ……。〈大賢者の杖・量産タイプ〉っぽい杖を持っているヤツ……。膝を抱えて座っているヤツ……。というか、全部俺だ。めっちゃ精巧にできていて、俺がそのまま六分の一の大きさになったみたいだ。

「俺たちの持ちうる全ての力を使って、お作りいたしました！　お気に召していただけましたか⁉」

「ワシはこれ以上ないほど素晴らしいできだと思いますがの！　どうですじゃ、生き神様⁉」

「私めは感動して言葉もございません」

みんな、それはそれは晴れやかな顔をしている。大仕事をやり遂げた感でいっぱいだった。

「量産体制も完了し、すでに村中へ配置いたしました！　ぜひ見てください！」

アタマリが興奮した様子で喋（しゃべ）る。

「え……」

絶望した気持ちで家から出る。そこかしこに、俺の半裸フィギュアが鎮座されていた。

「そして、このフィギュアは魔力を込めれば動きます！」

アタマリの言葉に、さらに俺は絶句した。

「……はい？」

「〈ウィザーオール魔石〉などを砕いて混ぜているので、動かすことができるのです！　やってみますね！　それ！」

アタマリが魔力を込めると、フィギュアが動き出した。小さくなった俺が裸で踊っているみたいだ。

「「おおお～！」」

一同（俺以外）、歓喜。

「そのうち、〈フローフライト鉄鉱石〉なども使って、空を飛べるようにもしましょう！」

「それは素晴らしいアイデアでございます。私めも協力いたします」

「そうじゃ！　村の者たちにも知らせようぞ！」

みんなが盛り上がりソロモンさんとアタマリが村へ走っていく中、俺はいろいろ諦めていた。

せめて、服を着たバージョンが作られることを祈る。

「すみませーん。こちらに素晴らしい土地があると聞いてきたのですが、どなたかいらっしゃいませんかー」

「ひ、姫様、お待ちください！　もっと慎重に……！」

「大丈夫です。女に大切なのは度胸ですからね」

入り口の方から、女の人の声が聞こえてきた。鈴の音が鳴るような、やけに美しい声だった。

「また来客みたいだ。最近は本当によく来るなぁ」

「きっと、ユチ様の評判を聞きつけて来たのでしょう」

「ルージュが何と言おうと、今回は絶対に服を着るからね」

幸いなことに、俺の服はすぐ後ろにあった。手を伸ばせば余裕で届きそうだ。

「いいえ、ユチ様。せっかくですので、フィギュアと見比べていただきましょう」

「え？　い、いや、ちょっと……タ、タンマ～！」

半裸のまま引きずられていく。来客がチラッと見えてきた。お姫様みたいな格好の人と、その侍女みたいなポジションにいそうな人だった。

「な、なんか、王女様っぽい人が来ているんだが」

屋敷に閉じ込められていた俺でも、王女様の顔くらいはわかる。サラサラの銀髪ロングヘアーに、夕日の太陽みたいなレッドの眼。くるんとしたかわいらしいまつ毛。ま、まさか、本物じゃねえよな。いや、さすがに違うだろう。王女様がどうしてこんなところに来るんだってーの。

「あちらにいらっしゃるのは、オーガスト王国のカロライン王女様でございますね。お忍びでいらっしゃったのでしょうか」

な……に……？　本物の王女様……だと？　まずいよ、まずいよ、まずいよ？

「ル、ルージュ、頼むから服を着させてくれ」

「いいえ、ユチ様の素晴らしさを知っていただくいい機会でございます」

「あっ、ちょっ！」

あっという間に、カロライン様の前に連れ出されてしまった。半裸で。

「こんにちは、突然の訪問失礼します。私はオーガスト王国の王女、カロラインです。あなたが領主のユチ・サンクアリさんですか？」

「は、はい……そうでございますね」

……終わった。王女様の前に半裸で出てしまった。もうこれは監獄行きだな。〝王女様に裸を見せつけた罪〟だ、きっと。

「あの……王宮にいらっしゃらなくていいんですかね。いないとわかったら、王宮が大騒ぎになると思うんですが……」

「ご心配ありがとうございます。ですが、まったく問題ありません。私の分身を置いてきたので」

「え？　ぶ、分身……ですか？」

「私はこう見えても、いろんな魔法が得意なんですのよ」

「そ、そうなんですか、すごいですね」

「私の分身なので、私にそっくりですわ。まぁ、当たり前なんですけどね。父上もずっと騙されておりますわ」

カロライン様はウフフフフと上品に笑ってらっしゃる。さすがは王女様だ。俺より肝が据わっている。

「いろんな方たちが、あまりにもデサーレチとユチさんの素晴らしさをお話しになるので、気になって来てしまったのですわ」

「い、いろんな方たちが……ですか？」

「はい。フォックス・ル・ナール商会の会長さんやウンディーネの里からの使者さん、ドワーフ王国のお姫様、オーガスト王国魔法学院の学長さん……最近だと、勇者パーティーの皆さんも話していましたわ」

いや、マジか。みんなデサーレチのことを王女様にも話していたのか。

「私もぜひ見学させていただきたいのですが、よろしいでしょうか？」

「え、ええ、それはもちろん」

ということで、カロライン様と侍女を案内することになった。

「これがデスガーデンですね。畑から激レア作物が無限に収穫できます」

「まあ！　なんと素晴らしい！」

カロライン様は口に手を当てて驚いている。やがて、畑で農作業していた領民たちがやってきた。

「生き神様～！　またすごい作物が採れましたよ！」

「これも全部、生き神様のおかげですね！」

「俺たちのために、一生懸命領地をよくしてくれて本当にありがとうございます！」

みんなして、わあわあ嬉しそうだ。

「さ、騒がしくてすみませんね」

「いえいえ、領民に信頼されているのはとてもいいことですわ」

その他、デスリバーやデスマイン、デスドラシエルなどを見せたが、とにかく感嘆していた。

デスワンプにも入ってもらい、ゆっくり休んでいただいた。その都度、領民たちが生き神様～！　とやってくるので、少々騒がしかったかもしれなかったな、申し訳ない。湯から上がって俺の家に帰り、例の饅頭を食べている時だった。

「それにしても……」

と、カロライン様は感心したように呟く。

「な、なんでしょうか？」

「ユチさんは、領民から本当に信頼されているのですね。皆さん、ユチさんとお話ししている時が一番楽しそうですわ。ユチさんのお人形もたくさん並んでいますし」

「は、はぁ、そうなんですかね」

やがて、案内も終わったので、お帰りの時間となった。

「こんな素晴らしいお人形までいただきまして、本当にありがとうございます」

カロライン様は嬉しそうに俺の半裸フィギュアを抱えている。

「そうだ、いいことを考えましたわ。王宮でこのお人形を流行らせましょう」

「さすがは、カロライン様でございます。これ以上ないほど、素晴らしいお考えでございますね。ぜひ、私めからもお願いいたします」

ルージュとカロライン様はがっしりと握手を交わす。互いに心の通じる同志と出逢えて嬉しいようだ。

「生き神様～、他の者たちもフィギュアが飛ぶところを見たいそうじゃ～。ポーズの参考にしたいからワシの超魔法で飛んでもらって……おや、そこにいるのはカロライン様かの？」

ソロモンさんが村から帰還すると、カロライン様も嬉しそうな顔になった。

「もしかして、ソロモンさんですか⁉　まぁっ、お久しぶりですね。まさかデサーレチにいらっしゃったとは思いませんでした」

「いやぁ、懐かしいの～。あんな小さな子どもが、いつの間にかこんな立派になってしまわれて」

「伝説の大賢者まで住んでいるとは……ユチさんの人柄の賜物ですね」

「瘴気のせいで具合が悪かったんじゃが、生き神様のおかげで楽しく暮らせているんじゃよ」

そのまま、カロライン様はソロモンさんからデサーレチでの話を聞く。俺がソロモンさんでも敵わなかった瘴気を浄化したと伝えられると、カロライン様は感心しきりだった。

「それでは、カロライン様。ワシが王都まで転送して差し上げますじゃ。魔法札もあげるから、また来たくなったら破ってくださいですじゃ」

いつものように、ソロモンさんは魔法札を渡す。

「ありがとうございます。ソロモンさん。このような素晴らしい土地は他にありませんもの。絶対にまた来ますわ」

「【エンシェント・テレポート】！　この者を王都まで転送せよ！」

ということで、カロライン様は笑顔で転送されていった。

「ユチ様、フィギュア製作を急いで進めた方がよさそうでございますね。いずれ、王宮に献上することになるかもしれません」

「ハハハ……そうね……」

いろいろ疲れて、乾いた笑いしか出なかった。

王宮に戻ったカロラインは、こっそり部屋に入った。

「お帰りなさいませ、ご主人様」

「ただいま帰りましたわ、分身さん」

魔法を解除してベッドに横たわる。

「それにしても、本当に魅力的な方でしたわね」

カロラインはユチフィギュアを撫でながら呟いた。死の荒れ地と知られていたデサーレチをあそこまで発展させるなど、誰にでもできることではない。土地の豊かさもそうだが、何よりユチが領民たちから信頼されていることに感動した。そして、カロラインはユチが追放された経緯もある程度知っていた。

「デサーレチに追放されたら、逃げ出したく思うのが普通でしょうに……それをあの方は逃げずに領主として発展させたのですよね」

そうなのだ。彼は決して領民たちを見捨てようとしなかった。カロラインはその姿勢に感嘆していた。

――ユチさんこそ、この国の次期国王にふさわしいのかもしれませんね。

フィギュアの方は、お気に入りのポーズは大切に取っておくとして、王宮の令嬢や侍女たちにも見せてあげよう。そして、ユチフィギュアは王宮内で密かに流行していくのであった。

□□□

「ゲホオオオオ……早く次のポーションを持ってこいいいいい！　……ハアハア」

相変わらず、ポーションやら薬やらが全く効かない。もはや、身体強化のポーションで無理やり体を動かしていた。一瓶50万エーンの物を一日五、六本のペースで飲んで、ようやく身体が少し動かせる。ものすごい勢いでサンクアリ家の資産が減っていく。そろそろ、笑い飛ばせなくなってきたぞ。こうなったら、使用人の給金を延期するしかない。先月も未払いだったが、払えない物は払えない。そう思った瞬間、使用人どもがぞろぞろやってきた。

「「エ、エラブル様……今月のお給金をまだいただいていないのですが……というか、先月のお給金はいついただけるんでしょうか……」

今月の支払い日から二週間ほど経っている。

「こ、今月の給金もなしだあぁ！　来月にまとめて渡すううう！」

「「そ、そんな……！」」

使用人たちはガーン！　と衝撃を受けた。と、思いきや、いっせいに突っかかってきた。

「困ります、エラブル様！　毎月いただかないと生活できません！」

「子どもたちのご飯を作ってあげられませんよ！」

「お願いですから給金を払ってください！　このデブキノコ！」

使用人どもが私を取り囲む。とんでもない悪口を言われた気がするが、体調不良と人の圧でそれどころじゃなかった。

「「黙れえええええ！　黙れえええええ！　黙れえええええ！　私に対して口答えをするんじゃないいいい！」」

「「うわあっ！　瘴気が！」」

いっせいに使用人どもが後ずさる。ふんっ、このザコどもが。この私にたてつこうとするな。

すると、使用人のひとりが恐る恐る紙を渡してきた。

「エ、エラブル様……フォックス・ル・ナール商会から請求書が届いておりますが……」

「ぬわぁにいいいいい！」

使用人から紙の束を奪い取る。気絶しそうなほど、高い金額がびっしり書いてあった。

〈古代世紀の儀礼箱〉
レア度：★8
古代世紀で特別な儀式の時に使われていたとされる小さな箱。古のドラゴンを復活させるのに必要。クッテネルングは300万エーンで購入した。

〈エンシェント・ドラゴンの血〉
レア度：★9
古のドラゴンと呼ばれるエンシェント・ドラゴンの血。古代世紀で誰かが採取した。小ビンに保管されている。クッテネルングは700万エーンで購入した。

〈エンシェント・ドラゴンの逆鱗〉
レア度：★10
古代遺跡より発掘された大変貴重な素材。クッテネルングは2000万エーンで購入した。

知らないうちに、フォックス・ル・ナール商会からレア素材を大量に買っていた。

「いったいこれはなんだあああ⁉　誰がこんなに買ったのだあああ！」

「デブキノコジュニア……ではなく、クッテネルング様です！」

「なんだとおおお⁉　クッテネルングウウウ、どこにいるんだああああ！　出てこいいいいい！」

怒鳴りつけると、クッテネルングがフラフラしながらやってきた。

「なんだよぉぉぉ、父ちゃまぁぁぁ」

「この請求書はなんだあああ！」

目の前に紙の束を叩きつける。クッテネルングはバツが悪そうに目を逸らした。私はボカリと殴りつける。

「この愚か者おおお！　こんな大金を使い込みおってえええ！」

「いたぁぁぁ！　なんで殴るんだよぉぉぉ！」

クッテネルングはびーびー泣いていた。ポーション代やら何やらで、今すぐ3000万エーンなど払えん。ツケにするしかない。

「どうしてこんな物を買ったのだあああ！」

「そ、それはぁぁぁ、古のドラゴンを復活させるためだぁぁぁ」

「なにいいいい？」

「僕ちゃまの〈ドラゴンテイマー〉でテイムして、クソ兄者に復讐してやるんだよぉぉぉ。あいつのせいで僕ちゃまは女の子たちから嫌われたんだぁぁぁ」

クッテネルングはジタバタ足を踏み鳴らしている。こいつもゴミ愚息に復讐したいのか。ふむ……。〔ジェットブラック〕を送っているから、ユチの死は確定だ。だが、万が一のこともある。念のため、さらなる策略を用意しておいてもいい。

「エ、エラブル様……」

「今度はなんだあああ！」

また使用人が来た。何度追い払ってもやってくる。こいつらはグールか。

「王宮からの使者がいらっしゃってますが」

「な、なんだとおおおお」

オーガスト王国の貴族は、定期的に王様へ領地の報告をすることになっている。そういえば、今日がその日だった。ゴミ愚息の嫌がらせを考えていたら、すっかり忘れていた。ぐっ……まずいぞ。そうだ。

「体調不良で行けないと伝えておけぇぇぇぇ！」

体調が悪いのは事実なのだから、別に問題はないはずだ。よし、とりあえず今回はごまかそう。

「で、ですが、前回の報告の時も体調不良だとおっしゃられていたような……」

使用人の言葉に私は固まる。しまった。そうだった。税金を重くしたばかりだったから、前回も体調不良だと断っていたのだ。何度も何度も休んでいると、領地経営の適正がないと判断される。領地の没収……ゆくゆくは爵位まで取り上げられる危険まである。

「ぬううううっ……ぐうううううっ……」

「エラブル様、早くしないと使者の方がお帰りになってしまいます」

「黙れえええええ、そんなことわかっておるわああああ！」

対策を必死に考える。そうだ。

――デサーレチのウワサを確かめるいい機会かもしれないぞ。

もし、ウワサがウソならば……。私はニタリとほくそ笑む。ウソの話を広めたとして、ユチを陥れてやる。万が一にも、〔ジェットブラック〕が失敗することはあり得ないが、念には念を入れておこう。ゴミ愚息の逃げ場を完全になくしておいてやる。いや、むしろ……。

――クソユチを詐欺師ということにしてしまおう。

たとえユチがウソを吐いていないとしても、そんなことは後からどうとでもなる。よし、筋書きは完璧だ。やはり、私は頭がいいのだな。

「使者には先に行けと言っておけえええ！　お前は馬車を用意するんだあああ！」

「承知いたしました……デブキ……エラブル様」

適当に準備したら、さっそく馬車に乗り込む。

「デブキ……エラブル様、資料などはご用意しなくてよろしいのでしょうか？」

「黙れえええ！　この私に口答えするのかあああああ！　さあ、さっさと馬車を出せええええ！」

「わ、わかりました！　……クソッ、絶対に復讐してやるからな」

「なんか言ったかああああ！」

「いえ！　何でもございません！」

王様と王女様の前でユチの化けの皮を剥がしてやる。そうすれば、あいつはもうおしまいだ。デサーレチでのたうち回って死ぬがいい。私は明るい気持ちで王宮へ馬車を走らせた。

□□□

「エラブル様、王宮に着きました」

「よしいいいい。そのまま進めえええええ」

王宮の門を過ぎ、城内に入る。オーガスト王国では爵位によって、王族との距離が決まっている。直に室内で謁見できるのは公爵家くらいのものだ。サンクアリ伯爵家と言えども、バルコニー越しに謁見するのが精一杯だった。少し進むと小さな広場に着いた。今日は、ここで領地の報告をするのだ。

「お前はここで待っていろおおおお」

馬車から降りて歩を進める。さて、どんなことを言ってゴミ愚息を陥れてやろうかな。そうだ。この際だから、サンクアリ伯爵家の諸々の出費もあいつに肩代わりさせてしまおう。考えていたら楽しくなってきたぞ。

「失礼ながら、貴殿を通すわけにはいきません！　お引き取りください！」

広場へ向かっていたら、いきなり衛兵たちが立ちはだかった。槍を交差して私の行方を阻む。

「なんだ、貴様らはあああ！　私はサンクアリ伯爵家のエラブル様だぞおおお！　道を開けろおおお！」

衛兵たちを思いっきり怒鳴りつける。男爵家や子爵家との違いを見せつけてやるのだ。

「瘴気まみれの輩を王宮に招き入れるわけにはいきません！」

「何を言っているのだあああ！　ふざけたことを抜かすなあああ！」

「あなたの身体にたくさんくっついているじゃないですか！　ほら、そこにも！」

衛兵は揃って私の肩を指す。もちろん、そこには瘴気はおろか何も乗っかっていない。また瘴気うんぬんの話が出てきた。こやつらは何を言っているのだ？　私のような美しい存在に瘴気がくっついているはずがないだろう。

「やはり、あなたには見えないのですね！　心まで瘴気に汚染されているのですよ！」

「貴様らあああ、サンクアリ家に向かってそのような不敬な態度が許されると思っているのかあああ!?」

私は衛兵たちに掴みかかる。こんなところで帰らされたら、それこそ領地が没収されてしまうだろうが。

「「うわぁっ！　瘴気が！　……クソッ、絶対にこれ以上城へ入れるな！　王様と王女様を瘴気男から守るんだ！」」

「誰が瘴気男だあああ！」

衛兵たちを押しのけようとするが、ヤツらは頑なに動かなかった。早く王様に謁見しなければサンクアリ家の、いや、私の評判が落ちてしまうではないか。

「おい、どうした！　何を騒いでいるのだ！」

「何ですか⁉　騒がしいですよ！」

上の方から男性と女性の厳しい声が聞こえてきた。そう、まるで私を叱責するかのように。

「何だとおおお！　この私に向かってずいぶんと偉そう……オーガスト王ぅぅぅ！　それに、カロライン様ああああ！」

バルコニーには王様と王女様が立っていた。王様はくすんだ灰色の髪に、切れ長の赤い目をしている。服の上からでも筋肉の盛り上がりがわかるので、常に体を鍛えているのだろう。王女様はストレートの輝く銀髪に、真紅の瞳がいつも以上に美しかった。どちらも鋭い目で私を睨んでいる。慌ててひれ伏した。

「これは失礼しましたあああ！　まさか、オーガスト王とカロライン様とは思わずぅぅぅう！」

「黙れ！」

王様に怒鳴られ、何も言えなくなった。あまりの威圧感に怖じ気づいてしまう。

「やはり、貴様は瘴気を引き寄せる愚か者だったのだな。その姿を見て確信した。瘴気を招き寄せる不吉な館があるというウワサは本当だったようだ」

な、何？　王様まで何を言っているのだ。瘴気など、どこにもないではないか。そういえば、さっきの衛兵や使用人も似たようなことを……そうだ！　今こそ、ゴミ愚息を陥れる時だ。

「それは全て私の愚息、ユチ・サンクアリのせいでございます！　あいつが家から出ていく時、何か魔法をかけたに違いありません！　そのせいで我が屋敷は……」

「お黙りなさい！」

今度は王女様に怒鳴られた。

「ユチさんを悪く言うことは、私が許しません！　あの方は素晴らしい領主ですよ！　ユチさんがどんなに領民のことを考えているのか、領民たちからどれだけ信頼されているか……あなた方は知らないでしょう！　私はデサーレチに直接行き、この目で確認しました！」

い、いったいこれはどうなっているのだ？　王様と王女様がふたりして、ゴミ愚息の味方をしている。いや、それよりも……。

――カロライン様がデサーレチに行っただって⁉

混乱した頭では何が何だかわからなかった。

「そして私たちは、あなたがユチさんを無理やりデサーレチに追放したことも知っています。調べればすぐにわかりますからね。これは不当極まりない行為です。伯爵家の当主ともあろう者がなんということでしょう。恥を知りなさい」

心臓が跳ね上がった。ユチを追放したことを、王様と王女様に知られている？　ダラダラ冷や汗をかき、鼓動で耳が壊れそうだ。まずいまずいまずい。

「ようやく我が輩も理解した。貴様に領地経営など無理だったのだ。サンクアリ家の領地は、貴様の館以外は全て没収とする」

王様のセリフに、私は気絶しそうになった。

りょ、領地の没収だと……？　館以外は全て……？　そうしたら……どうやって暮らしていくのだ？　大量のポーション代の埋め合わせは？　使用人たちの給金は？　クッテネルングが買った素材の金は？　その瞬間、〝破滅〟という二文字が頭に浮かんだ。

――サ、サンクアリ家の〝破滅〟……？

あり得ない、あり得ない、あり得ない！　我がサンクアリ伯爵家は王国でも随一の名家のはずだ！　それが〝破滅〟するなど有り得ない！

「お、王様ああああ、いま一度お考え直しをおおお！　どうか領地の没収はあああ……！」

「これから手続きを進めていく。次の満月までに館の瘴気を浄化できなければ、爵位の剥奪まで行うからそのつもりでいろ」

吐き捨てるように言うと、王様も王女様も帰ってしまった。力が抜けてぐったりと座り込む。

こ、これからどうするのだ？　衛兵にズルズル引きずられるが、抵抗する気力もなかった。

「さあ、もうお前の時間はお終いだ。王様方は忙しいんだ。さっさと瘴気の館へ帰れ」

「ま、待てえええ……まだ話しはあああ……」

無情にも目の前で門が閉められた。私は抜け殻のように馬車に乗る。

「エ、エラブル様……？　領地の没収と聞こえたのですが……給金はお支払いいただけますよね？」

使用人の問いかけにも答えられなかった。

「クソ無能のゴミデブキノ……エ、エラブル様……？　給金の方は……」

「黙れえええ！　いいから、さっさと馬車を出せえええ！」

「か、かしこまりました！」

私は最悪の気分で馬車を走らせる。どうする、どうする、どうする⁉　これはさすがにまずい。必死に考えていたら、頭にある男が思い浮かんだ。

ゴミ愚息のユチ・サンクアリだ。そ、そうだ……こうなったのも全部ゴミ愚息のせいだ！　ユチのせいなんだ！　もはや、私はそう思うことでしか自我を保てなかった。クソユチめ、〔ジェットブラック〕に無残に殺されるがいい！　願うように心の中で叫んだ。

□□□

「さあ、ユチ様、ご感想をお聞かせくださいませ」

「お、俺がたくさんいるなと思います」

村の入り口でユチフィギュアの配置を確認させられていた。無論、本物との対比を確かめたいとのことで、俺は半裸だ。村を囲っていた柵は壁にバージョンアップしていて、フィギュアたちは壁の上に十体ほどズラリと並んでいる。ここにあるヤツの大きさは通常タイプの二倍なので、不気味な威圧感がすごい。揃って荒れ地の方を見ていた。

「せ、せめて、外から見えるところに置くのはやめようよ。どんな村と思われるか……」

「何をおっしゃいますか。ユチ様の素晴らしさはもっと全面的に押し出すべきでございます」

フィギュアは無事に量産体制が整ったようで、村の至るところに置かれていた。俺にはもうどうすればいいのか見当もつかない。と、そこで、ルージュが険しい顔で荒れ地を見た。

「どうしたの、ルージュ？　まさか、荒れ地にまでフィギュアを配置するんじゃ……」

「いいえ、ユチ様。また招かれざる客が来たようです」

荒れ地の方をよく見ると、ひとりの人間が歩いてくる。真っ黒の服に身を包み、風が吹いても顔が見えることはなかった。

「誰だろうね。やたら黒いが」

「おそらく、漆黒の暗殺者〔ジェットブラック〕でございます」

「え⁉　あのウワサに聞く……」

どんな仕事でも100%達成すると言われている漆黒の暗殺者〔ジェットブラック〕か。まさかデサーレチに来るとは……。というか、どんだけ黒が好きなんだ。

「またデサーレチを襲いに来たヤツか」

「ここは私めにお任せくださいませ。ユチ様はこちらでお待ちください」

ルージュは荒れ地に向かって歩き出す。いつの間にか、その両手には短剣が握られていた。止める隙もなく、〔ジェットブラック〕に歩いていく。敵も気づいたようで、ふたりは荒れ地で向かい合う。

「さて、ユチ様の安寧を阻害しようとする者は何人たりとも許しません」

「フンッ、貴様が殺害対象の付き人か。依頼人からは皆殺しにしていいと言われているからな、容赦はせんぞ」

〔ジェットブラック〕が喋り終わったとたん、その手には黒いナイフが握られていた。取り出す仕草さえ見えなかった。ピリピリとした空気が張り詰める。まさしく、手練れ同士の戦いだ。

ルージュが勢いよく斬りかかる。

「はっ！」

「遅いっ！」

〔ジェットブラック〕はルージュの攻撃をひらりとかわした。

「ユチ様には絶対に近寄らせません！」

すかさず、ルージュが短剣を振るう。そして、〔ジェットブラック〕はすんでのところで避ける。息をのむような、一進一退の攻防が続く。やがて、ソロモンさんやアタマリ、領民たちも集まってきた。

「生き神様、あの黒いヤツは誰ですじゃ？」

「漆黒の暗殺者〔ジェットブラック〕って言ってました」

「「〔ジェットブラック〕⁉　こりゃ大変だ！」」

その名前を聞くと、みんな驚愕していた。やはり名の知れた暗殺者らしい。

「ユチ様を襲いに来やがったヤツですね。おい、お前ら、急いで装備を持ってこい！」

みんな後ろの方で、慌ただしくいろんな武器や装備の準備を始める。

「あんなに接近戦をしてたら、援護しようにも難しいぞ！」

「ルージュさんから目を離すな！」

「一瞬の隙をついて援護するんだ！」

みな、ルージュと〔ジェットブラック〕の攻防を見守っていた。

「はっ！　くらいなさい！」

「うぐっ！」

そのうち、ルージュの回し蹴りが〔ジェットブラック〕の脇腹にヒットした。さすがは元Sランク冒険者だ。相手が暗殺者だろうが、まったく引けを取らない。吹き飛ばされた〔ジェットブラック〕は、ズザザザザッ！　と俺の方に転がってきた。〔ジェットブラック〕はむくりと起き上がる。フードで顔は見えないが、ニヤリと笑っているようだった。

「し、しまった！　ユチ様、お逃げください！」

ルージュが猛ダッシュで走ってくるがとても間に合わない。領民たちからも微妙に距離がある。急いで逃げようとしたら、つまずいて転んでしまった。〔ジェットブラック〕はナイフを掲げる。同時に、ヤツの体にくっついている瘴気が苦しみだした。村の中に入ってきたからだろう。

「覚悟っ！」

「うおおお、ヤべぇ！」

『ギギギギギ……キャアアアアアア！』

とっさに顔を覆って目をつぶる。俺の人生もここまでか！　だが、いつまで経ってもナイフが降ってこない。ど、どうした？　恐る恐る目を開けると、〔ジェットブラック〕がナイフを振りかぶったまま固まっていた。

「な、なんだ？」

「貴様〜なんだぁその顔は〜私を見る時はもっと笑顔にならんか〜」

〔ジェットブラック〕がナイフを投げ捨てて、俺に抱きついてくる。かと思うと、スリスリ頭を擦りつけてきた。

「ナデナデしてくれないと殺してしまうぞ〜この愚か者〜」

「は？　な、何？」

いきなりの急展開に理解が追いつかない。さっきまでの殺気は消えている。上手いことを言ったつもりはないが、本当にそんな感じだった。

——な、なんなんだ、いったい？　どうした？

〔ジェットブラック〕の顔を隠している長いフードをめくる。暗殺者とは思えない、プラチナブロンドのド派手な髪が出てきた。その髪からはゴールドの瞳が覗いている。

「え……女？」

あろうことか、〔ジェットブラック〕は女性だった。やたら美人で暗殺者っぽさは皆無だ。

「そうだぁ〜、我はこう見えても女なんだぞ〜。ちなみに今年で二十二歳」

くねくねまとわりついてきた。二十二ということは俺やルージュよりだいぶ年上というわけだが、ふにゃふにゃな雰囲気でなんだか幼く見える。

「お、俺を殺しに来たんじゃないの？」

「だからぁ〜貴様を殺すのはやめたのだぁ〜」

「そうじゃなくてね！　さすがに人殺しはまずいって話で……むごっ！」

「……ユチ様、この者の味方をするのでありますか？」

慌ててルージュを止めた。

「タ、タンマー！」

スラリと短剣で斬りかかる……。

「さて、この不届き者を分解しましょう」

すごい勢いで走ってきた。ビリッとジェットブラックを引き剥がす。

いや、マジか。また父親かよ。俺はもはやため息しか出なかった。と、そこで、ルージュが

「貴様の父親のエラブル・サンクアリだぁ～」

「そ、それで、誰に依頼されたんだ？」

しかし、すごい変わりようだな。

「は、はぁ、なるほど……」

「きっと、生き神様の聖域で改心したのじゃよ」

のでくすぐったくてしょうがなかった。ソロモンさんたちも唖然としていた。

〔ジェットブラック〕は人差し指で、俺の胸をぐりぐりしてくる。円を描くように触ってくる

「そんなのもう引退だっつ～のぉ～」

「え？　あ、暗殺者は？」

「ほらぁ〜早くナデナデしろ〜」

「離れなさい、このクソ暗殺者」

〔ジェットブラック〕がまとわりついてくるが、ルージュが即引き剥がす。みんなは温かい目で見ていた。

「生き神様はモテますの〜、ワシの若い頃に似てますじゃ」

「私はユチ様が羨ましいですわ、ハハハハ」

さっきまでの緊張感は消え失せ、ほんわかした空気が漂っている。というか、とりあえず服を着たい。ふたりの美人にベタベタされる裸の男はさすがにまずい。

「ユチ様から離れなさい、このクソ暗殺者」

「離れるわけないだろうが〜」

「た、頼むから服を着させてくれー！」

その様子を、ユチフィギュアが静かに眺めていた。


【生き神様の領地のまとめ】
◆漆黒の暗殺者〔ジェットブラック〕
どんな依頼（主に暗殺）でも１００％達成することで、裏の世界では名を馳（は）せていた。

黒いナイフが主要な武器。
戦闘力は極めて高く、ルージュと対等に戦えるほど。
ユチの作った聖域により改心しふにゃふにゃになる。
本名はちゃんとあるらしい。

第五章：死の荒れ地は神の領域に

村の中を視察（主にフィギュアの配置をチェックさせせられている）で歩いている時だった。

「おい、貴様ぁ～もっとナデナデしろぉ～」

「わ、わかったから少し離れようね」

相変わらず、裸で過ごさせられているわけだが、〔ジェットブラック〕は人目を盗んで俺にくっついてくるようになった。暗殺者の影も形もなく、ふにゃふにゃしていた。だが、それをルージュが見逃すはずもない。ズダダダダ！　っとどこからか走ってきた。すごい勢いで〔ジェットブラック〕を引き剥がす。

「何をするのだ～今いいところなのにぃ～」

「働かない者はここにいる資格はございません」

ルージュは凍てつくような瞳で〔ジェットブラック〕を見ていた。ピキピキしまくっている。

「そんなに硬いことを言うなよ～我が悲しくなるだろうが～」

「さて、すぐに分解の準備を始めましょう」

「ほ、ほら、〔ジェットブラック〕にも事情があるだろうからさ」

俺が言った瞬間、ルージュが固まった。

「……ユチ様はやはりその者の味方をするのですね」

「そ、そうじゃなくてね」

「わかったわかった～素材を採ってくればいいんだろ～」

〔ジェットブラック〕はよっこいしょと立ち上がる。そのまま、荒れ地の方に歩き出した。

「あれ？　どこ行くの？」

「……ユチ様はあの者と離れるのがイヤだと？」

「ち、違くて。単純に疑問に思ったというか何というか……」

「荒れ地のモンスターを狩って、適当に素材を集めてくるのだ～」

瘴気の影響なのか、荒れ地のモンスターは結構強いヤツらが揃っている。ひとりで討伐に行くなんて無茶だ。

「いくら手練れの暗殺者でもひとりで行くのは危ないんじゃないの？　念のため、ルージュについて行ってもらったら……」

「……ユチ様は必ずあの者の味方をなさいますね」

「あ、いや、そうではなくて……単純に心配になったというか……」

どう転んでもルージュの機嫌が悪くなってしまうのだが。そんなやり取りをしているうちに、〔ジェットブラック〕は荒れ地まで行ってしまった。

「あっ、行っちゃった」

「どうぞ天国まで行ってきてくださいませ。戻って来なくていいですからね」

「ほら、そういうこと言うとかわいそうだから」

「……またユチ様はあの者の味方をするのですね」

「そ、そうじゃないのよね……」

必死にルージュをなだめていると、すぐに〔ジェットブラック〕が帰ってきた。両手にどっさりと素材を抱えている。

「え、もう帰ってきたの？　早っ」

「素材集めなんて何年振りかと思ったぞ～」

「ふむ、私めの目はごまかせませんよ。少しでもいい加減な素材があったら追い出しますからね」

〔ジェットブラック〕が持ってきた素材は、とんでもないレア物ばかりだった。

〈ギガントタイガーの爪〉
レア度：★8
Aランクモンスター、ギガントタイガーの爪。加工なしで武器として扱えるほど鋭い。ギガントタイガーは必ず三匹以上の群れで行動する。討伐には最大限の注意が必要。

〈マグマダケ〉
レア度：★7
火山などの灼熱地帯に生息するキノコ。独特な辛みがあり、「まるでマグマを食べているみたいだ」と世界中の美食家から好まれている。その入手難易度の高さから世界的に供給が足りていない。

〈アンバー蜂の大結晶〉
レア度：★8
アンバー蜂とは集めた蜜を宝石のように凝縮できる蜂。その巣にある大きな結晶。琥珀(こはく)のような柔らかい色合いだが、宝石類より希少性が著しく高い。この結晶のネックレスを着けていると、どんな恋も成就するという言い伝えがある。

〈ダークユニコーンの一本角〉
レア度：★9
Sランクモンスター、ダークユニコーンの額に生えている長い角。細かく砕き煎じて飲むと、一定期間モンスターから認識されなくなる。戦闘クエストでも採取クエストでも汎用性が高い。

〈マイアズムドラゴンの眼玉〉
レア度：★10
瘴気を喰らう古龍マイアズムドラゴンの眼球が、宝石のように凝固した物。マイアズムドラゴンは瘴気まみれだが、弱点となる逆鱗を一撃で破壊した時だけ眼球が透明な宝石となる。世界でも数少ない最高級の宝物。

「す、すげえ素材の山だな。しかも、モンスターの部位だけじゃなくてキノコとかもあるし」

さすがは名の知れた暗殺者だ。モンスターの討伐だけじゃなく、採取方面も得意らしい。

「どうだ～恐れ入ったか～？　ほれほれ、悔しいだろう」

「ぐっ……」

ルージュは厳しい顔で〔ジェットブラック〕を睨む。

「さて、お邪魔虫はいなくなってもらうとして、貴様は我の相手をしろ～」

「あ、いや、そういうわけには……」

〔ジェットブラック〕はベタベタしまくってくるので、ルージュもピキりまくっている。ど、どうすればいい。

「やはり、人形より本物の方がいいではないか～」

スリスリ俺の体を撫でまわしてくる。

「離れなさい。このクソ暗殺者が」

「何をする～邪魔するなぁ～」

ルージュがべりっと引き剥がす。これもまたお馴染みの光景になりつつあった。

「と、ところで、〔ジェットブラック〕には本名とかあるのか？」

漆黒の暗殺者〔ジェットブラック〕は呼び名だよな。いや、名前を捨ててる可能性もありそうだ。

「あるに決まってるだろ～」

「へ、へぇ～、なんて名前？」

「我の名前はクデレだっつ～の～」

「ふ、ふ～ん、クデレね」

こんなナリでも本当は暗殺者なんだなぁ。父親が依頼したってマジか。どこまで嫌われているんだ。というか、彼らは生きてるのか？ 瘴気があんなに集まっていたら、王様たちも黙ってはいない気がするが。まぁ、さすがにもう嫌がらせはしてこないだろ、さすがにね。

□□□

「これからどうすればいいのだあああ」

私は自室に閉じこもる日々を送っていた。王様に領地を没収され、サンクアリ伯爵家の収入は激減した。というか、もはや収入はなかった。高いポーション代や、クッテネルングの素材代、使用人の給金など……未払いの嵐だ。あれこれ言い訳をしてごまかしているが、もう限界かもしれない。体調不良も相変わらずなので、最悪の日々だった。

「エラブル様！　給金の支払いはどうなっているのですか！」

「さすがにもう待てませんよ！　少しでもいいので払ってください！　ちゃんと払ってくれるんですよね!?」

「待てば払っていただけるのではなかったのですか！　このデブキノコ……エラブル様！」

ドンドンドン！　と扉が激しく叩かれる。

「黙れえぇぇぇ！　だから、もう少しで払うと言っているではないかあぁぁ！」

しばらく怒鳴りつけていると、やがて何も音がしなくなった。そーっと扉を開けてみる。使用人どもはいなくなっていた。

――やれやれ、使用人の方は怒鳴っていれば何とかなりそうだな。

ホッとしていると、ヤツらの話し声が聞こえてきた。

「おい、こうなったら反乱を起こすしかないな」

「ええ、もう我慢できませんわ」

「あの偉そうな無能親子に思い知らせるんだよ」

コソコソ話しているので、よく聞こえなかった。きっと、私がどれほど素晴らしい人物か話し合っているのだろうな。

足元を見ると、手紙が落ちていた。最近は、手紙もろくに運ばれなくなってきた。説教してやりたいが、体調が悪くてそれどころじゃない。全部で二通あるが、片方は真っ白でもう一方は真っ黒だ。黒い手紙は怖いので、白い方から中身を見る。やたらと数字が書いてあるな。宝石代が300万エーンにドレス代が200万エーン……な、何？　結論から言うと、現妻からの請求書及び一方的な離婚届だった。

「なんだこれはあああああ！」

なけなしの力を振り絞り、床に叩きつける。またどこかへ消えたと思ったらこれだ。

「伯爵夫人にしてやったらいい気になりおってえええええ！」

「父ちゃまぁぁぁ、どうしたのぉぉぉ」

騒いでいたらクッテネルングがやってきたので、事の顛末を伝える。

「離婚んんん⁉　なんでそんなことにぃぃぃ⁉　父ちゃま何やったんだよぉぉぉ！」

「静かにしろおおおお！　私のせいではないわあああ！」

掴みかかってくるクッテネルングを引き剥がす。あの女の件はひとまず後回しだ。というか、もう一通の手紙も請求書じゃないだろうな。不安に思いつつ確認して見ると、〔ジェットブラック〕からの報告書だった。クソユチの抹殺依頼の結果だろう。

——よ、よし、今度こそは大丈夫だ。

何と言っても、漆黒の暗殺者〔ジェットブラック〕だ。依頼達成率100%だからな。確実にクソユチを殺しているだろう。

「〔ジェットブラック〕から依頼完了の手紙が届いたぞおおお」

「なんだってぇぇぇ、早く確認しようぜぇぇぇ」

私たちは安心して手紙を読み始める。やたらくるくるした字で絶妙に読みにくい。だが、徐々に怒りで手が震えてきた。


〔依頼は中止だ〜殺せと言われたユチに会ったんだがな〜。ひと目見た瞬間、殺す気などなくなってしまったわ〜。まるで心が浄化されたように美しくなったんだ〜。我はユチと一緒に暮らすことにしたから、そういうことでよろしく。さようなら、デブキノコ〕

「「ふざけるなあああ（ぁぁぁ）！」」

ビリビリに手紙を破りまくる。ものすごく腹が立って仕方がない。

「何が依頼達成率100%だあああ！　ウソを吐くんじゃないいいいい！」

「全然暗殺者じゃないじゃないかぁぁぁ！」

5000万エーンも払って、何の成果もなかっただと⁉　ふざけるな！　必死に呼吸を整えるが、イラつきが収まるはずもなかった。

「それはそうとしてぇぇぇ、父ちゃまぁぁぁ、ちょっと来てくれよぉぉぉ」

いきなり、クッテネルングが嬉しそうな顔になった。嬉々として私の腕を引っぱる。

「なんだあああ！　私は暇じゃないんだぞおおお！」

「いいからぁぁぁ、屋敷の前まで来てくれよぉぉぉ」

やがて、屋敷の外まで来た。何やら、クッテネルングはテンションが高い。だが、私はイライラしっぱなしだ。

「この私を呼びたてるのだから、たいしたことじゃなかったら許さんぞおおお……うわあああ！」

あまりの出来事にビックリして、尻もちをついてしまった。

『グルルルル……』

屋敷の前には、屋根から顔を出せるほど巨大なドラゴンがいた。くすんだエメラルド色の鱗に、どんなに大きな獲物でも丸のみできそうなほど大きい口。ドラゴンなのに手足も長い。鋭い目は血走っていて、見るからに凶暴そうなモンスターだ。私のことを威嚇するように見ている。

「こ、こいつはなんだあああ！　今にも私を食べそうではないかあああ！」

勇気のある私でも、さすがに怖じ気づく。離れるようにジリジリと後ずさる。

「大丈夫だよぉぉぉ、父ちゃまぁぁぁ。こいつは僕が蘇らせた古のドラゴン、エンシェント・ドラゴンさぁぁぁ」

「な……にいいいい……！　あの伝説のおおおお……！」

エンシェント・ドラゴンは、あの古代世紀に存在していたと言われる。数あるドラゴン族の中でも、最大級に強かったそうだ。

「僕ちゃまの儀式が上手くいって復活したんだよぉぉぉ！　……まぁ、偉い呪術師をたくさん雇ったからなんだけどぉぉぉ」

「なにいいいい！　貴様あああ、また大金を払ったのかあああああ！」

「い、いや、大したお金じゃないよぉぉぉ……」

クッテネルングのポケットから小さな紙が見えていた。すかさず奪い取る。

「……儀式代として２０００万エーンだとおおおお！　この愚か者おおおお！」

「いたぁぁぁ！　ぶたないでくれよぉぉぉ！」

ボカリとクッテネルングの頭を殴る。こんな大金払えるわけもない。ど、どうする⁉　また頭痛の種ができてしまった。とは言っても、確かにエンシェント・ドラゴンは復活している。クソユチを殺せるのであれば安い物かもしれない。

「ほ、本当に大丈夫なんだろうなあああ！　私たちを襲ってきそうな目つきではないかあああああ！」

「大丈夫だよぉぉぉ。こいつは僕ちゃまのスキル〈ドラゴンテイマー〉で、僕ちゃまの手下になっているんだぁぁぁ」

そうか、クッテネルングのスキルは〈ドラゴンテイマー〉だ。古のドラゴンと言っても、所詮はドラゴン。クッテネルングにテイムされない道理はないのだろう。攻められないとわかると、途端に安心してきた。

「なんだあああ！　心配させるのではないぞおおお！」

私はそーっと手を伸ばして、エンシェント・ドラゴンの額を撫でる。さすさすしても、嫌がる様子はない。私の神聖な手汗をたっぷりとつけてやった。

「でかしたぞおおお！　クッテネルングウウウ！　お前こそ時期当主にふさわしいいいいい」

「そうだろううう、父ちゃまぁぁぁ！　僕ちゃまも自分はすごい人間だと思っていたけど、その通りだったねぇぇぇ！」

クッテネルングは反り返って誇らしげにしている。こいつは誰に似たのか、調子に乗りやすいところもある。伯爵家の次期当主になるのであれば、もっと落ち着かんか。

「さあぁぁ！　僕ちゃまの手下のドラゴンよぉぉぉ！　デサーレチに行って、クソ兄者の首を持ってこいぃぃぃ！　ついでに村全体を破壊してしまぇぇぇ！」

『ゴアアアア！』

エンシェント・ドラゴンは大きな翼を羽ばたいた。羽を動かしているだけなのに、すごい風圧だ。屋敷が壊れそうなほどだった。

「うわあああああ！　屋敷が潰れたらどうするんだあああ！」

舞い上がった風がすごくて吹き飛ばされそうだ。そのまま、エンシェント・ドラゴンはデサーレチの方向へ飛んで行ってしまった。

「これでクソ兄者もお終いだぁぁぁ。どんな魔法を使ったかはわからないけど、僕ちゃまのドラゴンに勝てるはずがないんだぁぁぁ」

クッテネルングの言う通りだ。あのゴミユチは運よく〔アウトローの無法者〕や〔ジェットブラック〕を仲間にしたらしい。だが、エンシェント・ドラゴンは無理だ。きっと、ユチが使う謎の魔法は人間にしか効かないのだ。であれば、ドラゴンが相手ならば打つ手はない。

「ハハハハハアアアア！　ゴミ愚息の死体が届くのが楽しみだあああ！」

「皆殺しにしてこいぃぃぃぃ！」

これでゴミ愚息の人生もおしまいだ。クソユチだけではない、ルージュも〔アウトローの無法者〕も〔ジェットブラック〕も、デサーレチにいる人間は全て殺すのだ。今さら謝ったところでもう遅い。覚悟しろ！　ゲッホオオオオ！

□□□

「貴様ぁ～、さっさとナデナデせんか～。何度も言っているだろうが～」

「う、うん、だからね、そういうことは言わないでって……」

「さて、あなたの人生は今日で終わりでしたね」

「た、頼むから短剣はしまってくれ～い！」

すっかりルージュとクデレの板挟みになってしまった。あと、相変わらず半裸にさせられているのだが、いつになったら服を着られるのだ？

「生き神様！　ちょっと来てくだされ！」

「空を飛ぶ城の試作品ができました！」

バーン！　と扉が開かれ、ソロモンさんとアタマリが入ってきた。ふたりは興奮して俺を呼ぶ。なんかもう、ドアとかない方がいい気がしてくる。

「そ、空を飛ぶ城……ができたんですか？」

いきなり言われビックリした。

「そうですじゃ！　もう最高のできですじゃよ！　さあ、生き神様も早く見てくだされ！」

「あっ、ちょっ、待っ」

有無を言わさず引きずられる。これもいつもの展開なんだが、微かな不安がよぎった。

――また俺の顔が描いてあるんじゃ……。

すぐに頭を振って追い払う。いやいやいや、さすがにないだろ。そもそも、城は装備じゃないんだ。そんな大掛かりに俺をアピールしないだろう。

「生き神様！　これが空を飛ぶ城・ユチキャッスルじゃ！」

「このような城は、私めも初めて見ました」

「なかなかいいではないか～」

村の奥の方に、小さな城がふわふわと浮かんでいた。見た目は三段重ねの巨大なケーキみたいで、大きさは物見やぐらよりひと回り小さい。ケーキの段に当たるところは円塔が等間隔に並んで、その間を壁が繋いでいた。まぁ、浮かぶと言っても、空高くではなくて地面よりちょっと高いところだ。手を伸ばすと届くくらいだな。

「おお～本当に浮いてますね……って、できればその名前は変えてほし……」

「ユチキャッスルとは素晴らしい名前ですね！　私めもそれ以外は考えられません！」

わかってはいたが、ルージュの叫び声でかき消される。ぱあぁっ！　と本当に嬉しそうな顔をしているので諦めた。

〈空を飛ぶ城ユチキャッスル・試作タイプ〉
レア度：★11
文字通り空を飛べる城。試作タイプなのでまだ小型。非常に高度な設計により製作された。

デサーレチで採取された素材が存分に使われており、動力の補給は完全に不要。武器類はまだ一種類しかないが、ユチの魔力を供給することで古の結界を展開し外部からの攻撃は完全に遮断できる。

これはすごい。まさか生きているうちにこんな物が見られるなんてなぁ。みんなでしきりに感心していた。だが、ひとつだけ確認したいことがあった。

「あ、あの、ちょっといいですかね？」

「なんですじゃ？　生き神様の意見も聞きたいですじゃ」

「ユチ様のためならどんな仕様も用意いたしますよ！」

みんな、ワクワクした感じで俺を見る。

「俺の顔が描いてあるんですが……」

空を飛ぶ城の外壁には、等間隔に俺の顔が描いてある。絵というか、刻印みたいな感じだ。真顔、笑っている顔、あくびしている顔、半目を開けて寝ている顔……いろんな表情が刻まれていた。やけにリアルで俺がそのまま外壁に埋まっているみたいだ。

「元のデザインは、全て私めが用意いたしました」

「そ、そう……やっぱり」

ルージュはとても誇らしげな顔をしている。今回は仕方がないとして、完全版を造るときは直してもらおう。

「た、大変だ！　あれはモンスターの群れじゃないか⁉」

突然、村の入り口付近が騒がしくなった。領民たちが慌ただしく行き来している。

「どうしたんだろう。モンスターの群れとか言っていたな」

「行ってみましょう、ユチ様」

「ユチは我と一緒にいるから、お前がひとりで行ってこい」

「……この物の処遇は後で決めることにします。今は状況の把握が先ですから」

「だから、服を着させてくれ〜い！」

村の入り口へ行くと、すぐに状況がわかった。荒れ地に雑多なモンスターが集結している。ゴブリンやフレイムリザード、ポイズンスライムにグールナイト……。空を飛ぶようなヤツはいないし、C〜Dランクの下級モンスターがほとんどのようだ。しかし、数だけは多く全部で五十匹ほどはいる。ゆっくり村へと向かっているみたいだった。領民たちは急いで装備を身に着けていた。

「なんかたくさんモンスターがいるな。こっちに来てるぞ」

「デサーレチは豊かになったので、モンスターたちも襲う気になったのかもしれません」

「なるほど……」

ここら一帯ではこの村だけ異常に栄えている。美味い食べ物もいっぱいあるので、モンスターが襲うのも不思議ではない。

「生き神様！　今こそ、ユチキャッスルの出番じゃよ！」

「あとはユチ様に魔力を込めてもらうだけでいいんです！　一度魔力を込めてもらったら、後は自動で動くんですよ！　さあさあ！」

何か答える前に、ソロモンさんとアタマリに無理矢理連れてこられてしまった。

「こ、こうかな？」

城の外壁に手を当て魔力を込める。その瞬間、グォングォン……と城が上昇しだした。

「「やったー！　これでユチキャッスルは完成だ（じゃ）ー！」」

ソロモンさんとアタマリは手を取り合って喜ぶ。

「あの、戦いの準備はしなくていいんですかね？」

「「まぁ、見ていてください（ですじゃ）」」

領民たちも手を止め城の行方を見る。やがて城の上昇が止まると、アタマリに攻撃の指示を求められた。

「では、ユチ様、攻撃の合図をしてください」

「あ、合図？　って、いったいどんな合図を出せば……」

「ユチビーム発射、とでも言ってくだされば大丈夫です。ユチキャッスルは自動的に敵を捕捉して殲滅（せんめつ）する力を持っております」

そりゃすごい。思ったより高性能な城だった。アタマリとソロモンさんがいたら何でも開発できてしまいそうだ。

「ビ、ビーム発射！」

恥ずかしくて自分の名前を冠する技名は言えなかったが、たぶん問題ないと思う。城がゴゴゴ……と唸（うな）った直後、ギィィン！　と金属が削れるような音がして、刻印の目からビームが放たれた。一直線に荒れ地のモンスターへ向かっていく。

「なんだよ、ビックリしたな……って、うわぁ！」

その直後、ビームが当たったところが爆発した。大きく地面が抉れている。その周りにはモンスターの破片が散らばっていた。モンスターたちはブルブル震えている。

「あ、あの～、今のはなんですかね」

俺はそっとソロモンさんとアタマリに聞く。

「今のはユチビームでございますじゃ。古の超魔法と同じくらい……いや、それ以上のパワーがありますじゃよ」

「〈永原石〉と〈ウィザーオール魔石〉の組み合わせは、思ったより相性がよかったようでして！　ユチ様に魔力を注入してもらっただけで、とんでもない魔法が放たれるようになったんです！」

ふたりはドンッ！　と胸を張っている。いや、ちょっとオーバーキルすぎる気もするが。

『キイイイ！』

モンスターの残りは我先にと走って逃げてしまった。勝ち目などないと判断したんだろう。

「みんな見たか!?　生き神様の目から神聖な光が放たれたぞ！」

「誰も怪我せずにモンスターを撃退できた！　これも生き神様のおかげだな！」

「わああ！　生き神様がいれば安心だー！」

村は歓喜の声で包まれる。

「さすがはユチ様でございますね。私めは感動することしかできません」

「貴様～、そんな力を隠していたのか～。ずるいではないか～」

「ユチ様から離れなさい。このクソ暗殺者」

「ほ、ほら、喧嘩しないで……」

何はともあれ、領民たちが無事でよかったぞ。

【生き神様の領地のまとめ】

◆空飛ぶ城〝ユチキャッスル試作タイプ〟

ユチの顔が刻印（うっすら光る）された空飛ぶ城の試作タイプ。

試作型だが、全世界で初めて空飛ぶ城の建造に成功した。

魔力を凝縮した光線を放つことで、類まれなる攻撃力を持つ。

ユチ由来の結界により防御力も世界最高峰。

古代文明の復活は近い。

□□□

「さぁ、ユチ様。久しぶりのマッサージでございますね」

「い、いや、だから、半裸にする必要は……」

クデレはルージュに命じられ、素材集めに駆り出されている。ここぞとばかりに、俺は例のアレを喰らっていた。

「こんにちはー、どなたかいらっしゃいますかー？」

と、村の入り口で誰かが呼んでいた。

「ん？　また来客かな」

「行ってみましょう、ユチ様」

「待っ」

結局、裸で連れ出される。入り口には細身の若い兄ちゃんと、背が高くてがっしりしたオジサンがいた。冒険者のようだが行商人にも見える。いや、オジサンは兄ちゃんを護衛しているみたいだな。

「また偉い人かな」

「可能性は高そうでございますね。あのふたりは高貴な人物と推測いたします」

どちらも質素な服を着ているが、雰囲気はやけに厳かだ。若いお兄さんはキレイな金髪に、快晴のような青い瞳をしている。カッコいい人だ。それに、どことなく貴族っぽい気がする。オジサンだって引き締まった体型で、鋭い目つきがイカしたおっさんて感じだ。

「どうも、初めまして。私はエンパスキ帝国のジークフリードと申します。こちらは付き人のダリーです」

ジークフリードさんがお辞儀すると、ダリーさんも頭を下げた。

「あっ、こんにちは。ここで領主をやっているユチ・サンクアリと申します」

「ルージュでございます」

エンパスキ帝国と言えば、オーガスト王国のすぐ隣にある大きな国だ。それにしても……。

「ジークフリードってどこかで聞いたことがあるような……」

「ユチ様。ジークフリード様はエンパスキ帝国の皇太子でございます」

「え！　皇太子⁉」

いや、マジか。貴族かなとは思ったが、まさか王子様とは思わなかったぞ。

「こ、皇太子なんて偉い方がどうしてデサーレチに……？」

「政策の勉強をするため、護衛のダリーと諸国を回っているのです。もちろん、身分は隠しておりますが」

「な、なるほど……」

カロライン様もそうだったけど、王女様とか皇太子様とかって結構行動力があるらしい。しかも勉強のために旅しているだって？　偉すぎるだろ。俺も見習わないと。勉強は嫌いだが。

「旅をしている最中に、あのデサーレチが豊かになっているというウワサを聞きまして……その真偽を確かめたかったのです」

「あっ、そうでしたか」

デサーレチにはいろんな人たちが来たもんな。みんな、あちこちで話しているのかもしれない。

「このあたりを旅していたところ、大きな音と衝撃を見聞きしまして。何があったんだろうと思ったのです。そこで、光った方に向かっていたら、こちらへたどり着いたという次第でございます」

きっと、この前のモンスター退治の時だ。あのビームはすごい攻撃だったもんな。

「モンスターの群れが襲ってきて、追い払ったんですよ。空飛ぶ城の試作型があって……」

「空飛ぶ城ですって!?　古代世紀に存在していたという空飛ぶ城ですか!?」

ジークフリードさんはガバッと身を乗り出してきた。目がらんらんと輝いている。めっちゃ興味を引かれたらしい。

「え、ええ、と言っても、別にたいしたことはありませんが……見ます？」

「ぜひ！」

　ということで村を案内するわけだが……。

「ユチ殿の人形がたくさんありますね」

「そ、そうですね……ちょっといろいろありまして」

　俺のフィギュアは、村のあちらこちらに配置されている。配置どころか、子どもたちが大事そうに持ったりしていた。少年少女は六分の一サイズの物を抱きかかえ、家の玄関先や道端（みちばた）などには通常の二倍大のフィギュアが立たされている。右を向いても左を向いても、俺の人形と目が合う状況だ。

「領民に好かれているということですよ。まさしく、民の上に立つ者としての理想の姿です。私も努力しなければなりませんね！」

　ジークフリードさんはくううっ！　と拳を握りしめて空を見上げている。見た目よりだいぶ熱い方のようだ。畑やら川やらを見せたら、ジークフリードさんはめちゃくちゃ驚いていた。デスドラシエルを見せた時は、気絶しそうになっていたな。そして、空飛ぶ城の前に来た。今はふわふわと浮かんでいて、アタマリやソロモンさんが手入れをしている。

「あっ！　生き神様じゃ！　ちょっと顔の表情をチェックしてくだされ！」

「ユチ様！　お顔の表情は定期的に変えようと思うのですが、いかがでしょうか!?」

相変わらず、ふたりはキャアキャア騒いでいる。

「で、伝説の大賢者、ソロモン様までいらっしゃるのですか!?　何という村なんだ……」

ジークフリードさんは唖然としているが、俺はそれどころじゃなかった。顔の刻印を見られるのは、さすがに恥ずかしい。

「それで、これが空飛ぶ城〝……キャッスル・試作タイプ〟です」

「正しくは〝ユチキャッスル〟！　でございますね」

せっかくごまかしたのに、ルージュに大きな声で修正された。そのまま、流れるように説明を続ける。

「ユチ様の麗しい瞳から、超威力の光線が放たれるのですよ」

「おお……それは素晴らしい」

ジークフリードさんたちは、ルージュの解説を聞きながら城を見ている。早く終わってくれと祈っていたが、たっぷり時間がかかっていた。

「デサーレチがここまで発展したのも、全てはユチ殿のスキルと人柄によるんですねぇ」

ひとしきり解説が終わったら、ジークフリードさんは納得したように言った。

「いやいや、俺はそんなに立派な人じゃないですよ」

「何をおっしゃいますか。いくら領主のスキルが優れていても、人となりが最悪だったら領民たちはすぐに逃げ出してしまいます」

そんなもんなのかねぇと思っていたが、ルージュやソロモンさん、領民たちはうんうんと頷いていた。やがて、ジークフリードさんたちのお帰りの時間になった。

「では、ワシが行きたいところに転送してしんぜよう。特製の魔法札もあげるからの。また来たくなったら破りなさい」

ソロモンさんがいつものように渡すと、彼らは感激していた。

「ユチ殿、あなたのおかげでこの旅はより実りあるものとなりました。私も大手を振って国に帰ることができます」

「でしたら、よかったです。こちらこそ、このような辺境に来てくださってありがとうございました」

俺とジークフリードさんは硬い握手を交わす。

「ユチ殿！　本当にありがとうございました！」

ということで、ジークフリードさんたちは笑顔でエンパスキ帝国に転送されていった。

「生き神様。ここらで一発超魔法でも……」

「しないでくださいね！」

エンパスキ帝国に戻ったジークフリードは、さっそく父親である皇帝に報告した。

「皇帝陛下、ただいま戻りました」

「うむ、旅はどうであったか？」

「最後に立ち寄った領地が最高の土地でございました！」

ジークフリードはデサーレチとユチの素晴らしさを、とうとうと語る。

「……なんと、そんな土地があるのか」

「しかも、空を飛ぶ城の建造まで成功しているのです！」

「なにぃ!?」

「これなら、魔王軍との戦いも勝てるでしょう！」

エンパスキ帝国は魔王領と近く、魔王軍と頻繁に戦っている。帝国騎士団は手練れが揃っているが、敵も強く一進一退の攻防が続いていた。

「皇帝陛下！　いや、父上！　ぜひ、ユチ殿にお力を貸していただきましょう！」

「うむ、そうだな。魔王軍が優勢と聞いている土地もある……この件はお前に任せてよいか？」

「はい！」

――絶対にまたデサーレチに行くんだ。

ジークフリードは強く強く決心した。

□□□

「貴様〜いつになったら我と口づけを交わすのだ〜」

「い、いや、ほら、そういうことを言うなって……」

「目を離した瞬間にこれではまいったものです。ユチ様、この者の処遇を決めましょう」

クデレが一日中まとわりついてくる。ルージュもそれを引き剥がすため、常に俺の横にいるような状況だ。せめて服を着させてくれないだろうか。

『ゴアアアア!!!』

「な、なんだ、どうした!?」

突如、村に咆哮が轟いた。いや、村ではなくデサーレチ全体だ。明らかに今までのモンスターとは違った。おまけに、ドンドンドン！　という地響きまで伝わってきた。

「行ってみましょう、ユチ様！」

「ああ、そうだな！　なんだか知らないがヤバそうだぞ！」

今回ばかりは俺も服を着ずに、村の入り口へ急ぐ。空には一匹の巨大なドラゴンが悠々と飛び回っていた。ドラゴンは全身がくすんだ緑色の鱗に覆われ、口からブルーグリーンの火球を吐いて荒れ地を攻撃しまくっている。火球の威力はものすごく、地面に大きな穴ぼこが何個もできていた。さっきの地響きは、ブレスが荒れ地に当たる衝撃だったのか。すでにソロモンさんや領民たちも集まっていた。

「い、生き神様！　あれは古のドラゴン、エンシェント・ドラゴンですじゃ！　こいつは驚きましたじゃ……！」

「え！　あれがエンシェント・ドラゴン……」

古代世紀にいたという、伝説のドラゴンじゃねえか。そういえば、屋敷にあった本でチラッと見たことがあるが、同じような姿形だった。どうして、デサーレチに。

「ですが、様子がおかしいですじゃ。本来なら体の鱗はもっと透き通っているはずなのですが……」

エンシェント・ドラゴンの体はくすんで汚い。その目はバリバリに血走っていて、めちゃくちゃ凶暴そうだ。そして、胸のあたりにはひょこっと黒いもやがあった。

——もしかして、あれは……。

そう、瘴気だ。エンシェント・ドラゴンもまた、瘴気に汚染されていた。瘴気のせいで凶暴になっている可能性がありそうだ。

「古の超魔法【エンシェント・サンダーショット】！」

ソロモンさんの杖から、雷の弾がいくつも放たれた。バチバチと青白い電撃が迸（ほとばし）っている。

だが、エンシェント・ドラゴンはひょいひょいと躱す。

「お前ら！　いっせい射撃だ！」

「「了解！」」

アタマリと部下たちが、〈ポータブル式バリスタ・試作タイプ〉を放つ。鋭い矢が雨のように降り注ぐが、エンシェント・ドラゴンはひらりと避けた。さすがは伝説の古龍だな。一筋縄ではいかないようだ。

「俺のスキルなら瘴気を浄化できそうだが……どうしたもんかな」

ドラゴンは警戒しているのか、なかなか村の中に入ろうとしない。俺のスキルは領域内にしか効果がないからな。このままではエンシェント・ドラゴンを浄化できないぞ。

――う〜ん、俺のスキルが遠隔操作できたらいいんだけど。

そう思った時、何かが引っかかった。あれ？　遠隔操作？　よし、これなら何とかなりそうだ。ドラゴンの方に歩いていく。

「ユチ様は村の奥の方に避難くださいませ！　ここは私めが！」

「そうだぞ！　貴様は引っ込んでいろ！　貴様に何かあったらどうするんだ！」

「いや、ちょっと試したいことがあるんだ」

ルージュたちが止めるのも構わず、俺は村の入り口まで行く。

「〈全自動サンクチュアリ〉発動！」

ヴヴン！　っと久しぶりの音が響く。俺の周りがさらに一段とキレイになる。

——俺の周りの聖域をあっちの方に飛ばせないかな。

指を荒れ地の方に向けると、ズズズっと俺の周りの聖域が動いていく。荒れ地の地面も一緒に浄化されていくから、動いているのがわかったのだ。

「「おおっ！　生き神様の聖域が移動しているぞ！」」

「なんと！　ユチ様のスキルは進化していらしたのですね！」

やがて、聖域はすぐにエンシェント・ドラゴンの下まで移動した。俺のスキルは上空まで効果があるから、空にいるドラゴンにも効くはずだ。

『グギイイイイ!!!』

その直後、エンシェント・ドラゴンが苦しみだした。空中でもがいている。

「おお！　生き神様のスキルが効いているのですじゃよ！」

「ユチ様のお力は古のドラゴンにさえ効果があるのですね！」

「貴様～、やるではないか～」

さあ、もう少しだ。俺はさらに魔力を込める。

『ギギギギギ……キャアアアアアア！』

エンシェント・ドラゴンにくっついていた瘴気が消え去った。

『ガアアアアア……ア』

どさりとエンシェント・ドラゴンが地面に落ちた。

「「おい、落ちたぞ！　行ってみよう！」」

みんなでドラゴンのところに行く。装備を構え、警戒しながら近寄る。

「あ、あれ……これって？」

エンシェント・ドラゴンは赤ちゃんのように小さくなっていた。つぶらな瞳にキレイなグリーンの体。両手で持てそうなくらい小さい。気を失っているのか、ぐぐぐ……とうずくまっている。

「お、おい、大丈夫か？」

「ユチ様！　危険です！」

「いや、大丈夫だよ。もう瘴気は消えてるし」

拾い上げると、エンシェント・ドラゴンは目を開けた。

『うっ……ぐっ……』

「おい、大丈夫かよ。しっかりしろ」

声をかけていると、エンシェント・ドラゴンはペコリとお辞儀した。

『……このたびは本当に失礼いたしました。あなた様のおかげで、無理矢理な契約から解放されました。いくら感謝してもしきれません』

「うわっ、喋った！」

『私たちエンシェント・ドラゴンは、人間の言葉を理解できるのです』

「へ、へぇ～」

さっきまでの凶暴な感じは消え去り、とても礼儀正しくなっている。

『クッテネルングという男に無理矢理な契約を結ばされてしまったのです。クッテネルング及びその父親と名乗るエラブルという男に、あなた様……ユチ・サンクアリ様の殺害を命じられました。それで、この地まで飛んできたのです』

「え……また父親と異母弟が俺の殺害を……」

彼らはいったい何がしたいのだ。……ああ、そうか、俺の殺しか。どこまで執着してるんだ……。たぶん、さっきの瘴気はあのふたり由来だな。父親と異母弟が俺の殺害を命じたと聞いて、領民たちも怒りだした。

「生き神様を殺そうだって⁉　ふざけんな！」

「生き神様のおかげで、俺たちは暮らせているんだぞ！」

「まったく、あの人たちは何も進歩していないようですね」

ルージュはもはや呆れ果てていた。

『そこで、ユチ様にお願いがあります。大暴れした後で厚かましいですが、私をこの地に置かせていただけないでしょうか。荒れ地の方も頑張って元に戻します。どうしても、あの者たちのところには戻りたくないのです』

「ああ、それは別に構わないが」

構わないと言うと、エンシェント・ドラゴンは満面の笑顔になった。

『ありがとうございます！　お願いついでに……私に名前をつけていただけませんか？』

「う～ん、名前ねぇ」

俺にネーミングセンスはないからなぁ、どうしよう。

「私めにいい案がございます。コユチとはどうでしょうか」

ルージュが言うと、領民たちも賛同しだした。

「『ユチ様の名前の一部だ！』」

わああ！　と盛り上がる。

「あ、いや、俺の名前なんてそんな大層なもんじゃないから……」

『ユチ様のお名前をいただけるなんて、これ以上ない光栄でございます！』

エンシェント・ドラゴンはぱあああっ！　と明るい表情になった。もう撤回はできなくなってしまった。ということで、エンシェント・ドラゴンのコユチも俺たちの仲間に加わった。


【生き神様の領地のまとめ】
◆古のドラゴン〝エンシェント・ドラゴン〟

古の儀式により復活した古龍。

本来なら鮮やかな緑色の鱗を持っている。

瘴気により汚染され性格も凶暴になっていたが、従来は温和な気質。

特殊な魔力のブレスは、あらゆる装備を貫通する。

コユチと名付けられた。

□□□

『私たちエンシェント・ドラゴンは、普段は小さな体で暮らしています。戦う時だけ巨大化するのです』

「ふ〜ん、そうなのね」

コユチを仲間に引き入れて、デサーレチもだいぶ賑やかになった。今はエンシェント・ドラゴンのことを教えてもらっている。

「だ、誰か助けてー！　どなたかいらっしゃいませんかー⁉」

突然、荒れ地の方から女の人の叫び声が聞こえてきた。

「ん？　また誰かが助けを求めてるな」

「ユチ様のお人柄が迷える子羊たちを引き寄せているのでしょう」

「いや、そんな、まさか」

しまった、裸で出てきちゃった。最近は服を着させてくれないことが多いので、裸の感覚に慣れてしまっているのだ。村の入り口に行くと、女の人が何人か集まっていた。みんな薄汚れていて、衣服がボロボロだ。人間より横に尖った耳が印象深い。エルフの人達だった。

「どうしたんですか、大丈夫ですか」

「よかった、人がいました！　どうか、助けてください！　私はエルフ王国のエルフェアと申します。こちらは侍女の者たちです」

「俺は領主のユチ・サンクアリと言って、こっちはルージュです。やっぱり、あなたたちはエルフの国の人達でしたか」

みんな静々とお辞儀をする。エルフェアと名乗った先頭にいる人は、ずいぶんと儚げな雰囲気だ。エルフってことだけど、人間だと十四歳くらいに見える。なんか王女様っぽいのだが、気のせいだよな。

「こんなナリでも王国では姫をやっております」

マジか。

「実は、魔王軍に囚われていたところを抜け出してきたのです」

「え！　ま、魔王軍から……そうだったんですか、それはまた大変でしたね……」

デサーレチは魔王領と近いから、ここまで逃げ切れたのかもしれない。

「まぁ、まずは休んでください。おいしい食べ物や温かいお風呂もありますよ」

「ありがとうございます……かたじけないです。やはり、予言は正しかったのですね」

「……予言？」

突然、姫様は頬に手を当て嬉しそうに呟いた。

「近い将来、異種族の裸の殿方が危機から救ってくださるとの予言を受けたのです。まさしく、ユチ様に違いありません。ああ、これを運命と言わずして何というのでしょう！」

「偶然と言えばよろしいかと。さあ、こちらに来てくださいませ。ユチ様にあまり近寄らないようにお願いいたします」

「え、まだお話しが……あ～れ～」

姫様一行はルージュに力強く連れられていった。最初来たときは疲れが滲(にじ)んでいたけど、ひとしきりデススワンプや〈ライフウォーター〉を振る舞ったら元気が回復したみたいだ。

「……ふぅ、ありがとうございました。おかげさまで身体も元気になりました。そして、失礼ですが、ここは何という土地になるのでしょうか？　右も左も素晴らしい作物や素材の宝庫ですが……」

「デサーレチですよ」

「「ええ!?　デサーレチ!?」」

もう何度見たかわからない反応をする。

「この世の最も辛い苦痛をさらに煮詰めたかのような、修羅の土地デサーレチ⁉」

「そこに住むと呼吸すらままならないと言われる、あのデサーレチ⁉」

「屍の山で築かれたという死者の国デサーレチ⁉」

ルージュがピキピキしてきたので、そろそろ止めた方がよさそうだ。

「そ、それで、事情を話してもらってもいいですかね」

「ゴホン……これは失礼いたしました。ある日、魔王軍が国に来て私をさらったのです。エルフ王国は古くから魔王軍と敵対関係にありますから、私を人質にでもしようと思ったのでしょう……私たちは、かれこれ数百年は魔王軍と戦っていまして……」

どうやら、人間の国より魔王軍との戦闘が激しいらしい。話を聞いている時だった。

『ゲッゲゲッ、なんだぁあの村は。こんなところに人里があったのかぁ？』

『バドーガン様、エルフの姫はあそこに逃げたと思われますぜ』

またもや荒れ地の方が騒がしくなった。

「あれ、また来客か？　……いや、モンスターの群れだ」

「ユチ様、魔王軍尖兵のバドーガンでございます。見ての通り、トロール系のモンスターです。おそらく、エルフェア様を探しに部下たちを引き連れて来たのでしょう」

先頭にいるのは大きなトロールだ。右手にはお決まりの棍棒を持っている。体は鎧に覆われており、防御力が高そうだ。その周りには部下だろうか。ゴブリン、コボルドなどのザコに加え、アイアンガーゴイルやスカルナイトなどの中堅どころも勢揃いしている。空にはサンダーワイバーンやファイヤードレイクなんていう強敵までいた。

「よっぽど姫様を奪いたいんだな。ものすごい大群だ」

「荒れ地がモンスターでいっぱいでございます。ざっと見ただけでも五百体ほどはいるかと」

魔王軍のヤツらは、みんな瘴気がグジュグジュにまとわりついている。身体の一部にくっついているんじゃなくて、もはや瘴気そのものだな。とうとう、魔王軍までがやってきたわけか。

「すみません、ユチ様。私たちが逃げ込んできたばっかりに……」

「いやいや、姫様たちのせいじゃありませんよ。姫様は俺たちが守りますから、安心していてくださいね」

「ユチ様……」

そう言いながら、姫様は頬を赤らめている。まずい、さすがに裸で応対するのはよくなかったな。ルージュもピキってるから、裸で動き回ることのヤバさをわかってくれたんだろう。初めてとなる魔王軍との戦いが、今まさに始まろうとしていた。

□□□

『ゲッゲッゲッ、エルフの姫を回収したらあの村も襲うぞ』

『バドーガン様なら簡単に侵略できますぜ』

魔王軍は撤退するような様子はない。村を目指して進んでくる。ということで、こちらの戦力を確認するわけだが……。

「村には一歩たりとも入れさせないぞ！」

「せっかく、生き神様とここまで発展させたんだ！」

「私たちの土地は自分たちで守りましょう！」

特に腕っぷしと魔力が強い男たちを中心に、二十人ほどの領民が各々装備を身に着けている。〈ゴーレムの金剛剣〉に〈魔法対無敵鎧〉を着けていたら、もはや近接攻撃は無敵だろう。遠距離攻撃も〈大賢者の杖・量産タイプ〉、〈ポータブル式バリスタ・試作タイプ〉がたくさんあるから問題なさそうだ。空を飛んでいる敵も、〈自動飛行のからくり馬車〉に乗っていれば十分に倒せそうだな。

「さーって、久しぶりの超魔法じゃ！　何を使おうかの～！　【エンシェント・ビッグバン】か【エンシェント・メテオシューター】か……くうう、使いたい魔法がありすぎじゃ！　迷うの～！」

ソロモンさんはここぞとばかりに、魔力を練りに練っている。周りの空間が歪むほどだ。

「ユチ様、私めが全ての敵を倒して参ります。さすれば、このクソ暗殺者は用無しということでよろしいですね？」

「なに〜、用無しになるのはお前の方だぞ〜」

恐ろしく強い元Sランク冒険者のルージュと、最強の暗殺者〔ジェットブラック〕。互いに討伐した敵の数で勝負する取り決めを交わしていた。

『ユチ様、私の準備も完了いたしました。お望みとあれば、全ての敵を駆逐いたします』

コユチも大人の姿になって戦闘態勢だ。口の端からコオオオ……と不思議な魔力が漏れ出ている。

「ユチ様！　ユチキャッスルの準備はできておりますよ！　いつでも攻撃開始できます！」

後ろの方でアタマリたちが叫んだ。村の上空には空飛ぶ城が浮かんでいる。

——……魔王軍大丈夫か？

あまりの戦力差に、思わず敵の心配をしてしまった。

「それでは、ユチ様。攻撃の合図をお願いいたします」

「え、いや、ちょっ」

ルージュにぐいぐい押され、あっという間に村の先頭に押し出されてしまった。みんな、ワクワクした様子で俺の合図を待っている。

「じゃ、じゃあ、攻撃開始」

なんか、半裸で宣言してもいまいち締まらないな。

「『いくぞ！　我らがデサーレチを守るんだ！』」

と思ったら、領民たちがいっせいに攻撃を始めた。一分の隙もないほどに降り注ぐバリスタの矢。炎や水、土や風などの多種多様な属性の魔法攻撃。もはや重歩兵となった領民たちの突進。

『な、なんだ、こいつら、つよっ……ぐあああ！』

『どうして攻撃が効かないんだ！　それどころか、剣がヤバ……がっはああ！』

『気をつけろ！　空からは矢が降っ……！　うわあああ！』

いや、物理も魔法もワンチャンSランク冒険者並みじゃないのか？

「よし、決めたですじゃ！【エンシェント・プラズマ】！」

『『ぼぎゃあああ！』』

ソロモンさんの杖から、バチバチと白い雷が放たれる。モンスターを次々と黒焦げにしていく。敵がどんなに速く逃げようとしても、光の速さでどこまでも追いかける。ソロモンさんはスッキリした表情だった。

「四十八、四十九、五十……」

「我も負けるつもりはないぞ！　……四十七、四十八、四十九！」

『『と、とんでもない二人組がいるぞ！　逃げろ逃げろ逃げ……ぎゃあああ！』』

別の一角では、ルージュとクデレが縦横無尽に暴れまくっていた。傍らにはモンスターの素材が山積みになっているので、討伐しつつ分解しているのだろう。こんな芸当ができるヤツは魔王軍にもいないと思う。

『【エンシェント・ブルーフレイム】！』

『な、なんで伝説の古龍がこんなところに！　……ぐえええええ！』

コユチの放った火球が魔王軍を業火に包む。どんなに強力な身体でもおかまいなしだ。容赦なく燃やし尽くしている。

「ユチキャッスルよ！　村を襲う不届き者たちに神の鉄槌を下すんだ！」

アタマリが叫んだ瞬間、例のギイイン！　といういびつな音が響く。城に描かれている俺の顔（半目のヤツ）から、眩い光線が放たれた。それにしても、この音にはなかなか慣れない。

『『ギィエエエエ！』』

光線の当たったところが吹っ飛んだ。というか、地面もモンスターも溶けていた。ものすごい高温のビームだったんだなぁ。バドーガンとかいうトロールを除いて、一瞬で魔王軍は消滅した。

『…………は？』

バドーガンはポカンとしている。

『す、少しはやるようじゃねえか！　だ、だがなぁ、俺はそこら辺のザコとは違うぜ！　さ、さあ、エルフの姫を渡してもらおうか！　つ、ついでに、お前らの村を俺の城にしてやるぞ！』

やけくそに突っ込んできた。重装備のくせに結構足が速い。

「さあ、ユチ様。最後の一体をお願いいたします」

「あっ、貴様ずるいぞ！　あいつを倒せば我の討伐数がお前と同じに……むぐっ！」

ルージュはクデレを羽交い締めにしている。

「ユ、ユチ様、またあの恐ろしい敵が来ました！」

姫様も怖いんだろう、俺の後ろに隠れちゃった。何はともあれ、さっさと終わらせるか。

ルージュもピキピキしてるしな。

「〈全自動サンクチュアリ〉発動！」

ヴヴン！　といつもの音がして、聖域が展開された。この前と同じように、遠隔操作する。

ズズズとバドーガンの真下に移動した。

『こ、これは、なんだ……ぐううう！』

バドーガンの勢いは消え去り、苦しそうに呻いている。

「おお！　生き神様の御業には魔王軍すら耐えられないのだ！」

さらに魔力を込める。

『ギギギギギ……キャアアアアアア！』

『ぐあああああ！』

瘴気が消えると同時に、バドーガンも消えちまった。どうやら、瘴気と同じ存在だったようだ。

「やったー！　魔王軍を撃退したぞー！　これも生き神様のご加護のおかげだー！」

わああああっと村は盛り上がる。

「ユチ様、魔王軍をこんなに圧倒したのはあなた様が初めてです！　ユチ様こそ、魔王を倒すべき神が遣わした救世主なのです！」

「あ、あのっ、ちょ！」

ガバッと姫様が抱き着いてきた。俺は半裸なので、張りがありつつもきめ細かい触感を直に感じる。こ、この絵面はまずいって。その様子を見て、周りのみんながはやし立てる。

「生き神様は本当にモテますの〜！　ワシの若い頃にそっくりじゃよ。そうそう、あれはワシがまだ少女の頃で……」

「ユチ様の魅力はエルフをも魅了してしまうのですねぇ。私もユチ様の魅力をさらに引き立てる装備を造ります」

「……さて、ユチ様もお忙しいので引き剥がさせていただきますね」

「え？　ま、待ってください。もう少しだけ、あ〜れ〜」

というわけで、魔王軍も無事に撃退できた。

□□□

「ゲッホオオオ……ハアハア……」

「ゴホゴホゴホォォォ」

あれからどんどん体調が悪くなり、ポーションも効かなくなってきた。おまけに、諸々のツケはもう限界だった。夜逃げしたかったが、そんな元気もない。今は、瘴気が広まるからという意味不明な理由で、ふたり揃って同じ部屋に押し込められている。しかも王様からの命令だ。苦しんでいると、ドアの下から一通の手紙が差し込まれた。

「ちゃ、ちゃんと手で渡さんかあああ」

這うようにして手紙の元へ行く。ここ最近は、ある報告を待つだけの人生だった。手紙の差出人はエンシェント・ドラゴンのコユチと書いてあった。コユチが何を意味するのかわからないが、どうやらあの古龍からの手紙らしい。

「最近のドラゴンは手紙を書くんだなあああ。愉快なこともあるもんだあああ」

「きっと、僕ちゃまの教育の賜物だろうねぇぇぇ」

私たちはヘラヘラ笑っていたが、内心はとても緊張していた。今回ばかりは、さすがにユチを抹殺できたはずだ。さ、最後の頼みの綱だぞ。ゴミ愚息が殺せれば、この苦しさからも解放される気がした。震える手で文書を開ける。

〈悪しき心の持ち主、クッテネルング及びエラブルよ。貴様らが無理やりに結んだ契約はユチ様が解約してくれた。私はユチ様とともにデサーレチで幸せに暮らす。瘴気をまき散らすなど不埒（ふらち）な行いも極まりない。自らの愚行を反省するがいい、デブキノコたちよ〉


「「ふざけるなあああああ（ぁぁぁ）」」

私たちはビリビリに手紙を破る。

「なに、ゴミ愚息の味方になっているのだあああ」

「僕ちゃまを裏切っているんじゃねえよぉぉぉ」

「というか、貴様の〈ドラゴンテイマー〉が使えないからこうなったのだあああ！」

「うぐっ……や、やめろ、父ちゃまぁぁぁ。父ちゃまこそ、役立たずばっかり雇いやがってぇぇぇ」

クッテネルングの首を絞め顔を殴り、取っ組み合いの喧嘩をするが、すぐに力尽きた。ダ、ダメだ。もう怒鳴る気力もない。少しベッドで休もう。その時だった。ガチャリと扉が開き、使用人たちがぞろぞろ入ってきた。

「なんだあああ、お前たちはあああ。いきなり入ってきてええええ、失礼だと思わな……」

「「エラブル様、給金の支払いはいつになるのですか？」」

またもや揃って給金の催促をしてきた。何度もしつこく言われるので、疲れ果ててしまった。

「だから、そのうち払うと言っているだろおおお。引っ込んでおれえええぇ」

やれやれ、使用人にも困ったものだ。いろいろ落ち着いたらまとめて解雇するか。そう思っていたら、使用人どもはまだ室内にいた。

「さっさと部屋から出て行かんかあああ。貴様らがいたら治るものも治らないだろおおお」

「「黙れ‼」」

大きな声で怒鳴られた。今までにない反応で、途方に暮れる。

「もう許さねえからな！　俺たちはずっと我慢していたんだよ！　デブキノコ！」

「ずっと偉そうにあれこれ命令しやがって！　挙句の果てには、給金が払えないだって⁉　調子に乗るな、デブキノコ！」

「私たちのことを何だと思っているのですか⁉　もう許せませんよ！　デブキノコ！」

使用人たちはビクビクした感じが消え、見たこともないくらい怖い顔をしていた。あまりの威圧感に怖じ気づくほどだ。な、なんだ、いったいどうしたんだ？

「「おい、給金の代わりに金目の物をいただくんだ！」」

使用人たちが屋敷の装飾品を奪い出す。壺や絵画、高価な家具を運び出し、絨毯を引き剥がし、天井のシャンデリアまで持っていった。

「お、おい、やめろおおお。泥棒するんじゃないいいいぃ」

「お前らが触っていいようなものじゃないんだぞぉぉぉ」

「だから、給金の代わりだと言っているだろ！　いやだったら、給金を払いやがれ！」」

根こそぎ持っていかれ、屋敷には何も残らなかった。唖然としていると、急に屋敷の周りが慌ただしくなった。な、なんだ、どうした!?　そう思ったのも束の間、ドカドカドカッと鎧を着た騎士たちがなだれ込んでくる。

「こ、今度はなんだあああ!?」

「「我らは王国騎士団だ！　エラブル・サンクアリ及びクッテネルング・サンクアリ！　瘴気を繁殖させた罪により、貴様らを逮捕する！」」

よく見ると、こいつらが着ているのはただの鎧ではなかった。対瘴気用にチューンアップされた特製の装備だ。魔王軍と戦う時にしか使わないような防具なのに、どうして……。

「「こいつらを捕まえるんだ！　瘴気に気をつけろ！」」

「うわあああ！　何をするうううう！　私はサンクアリ伯爵家の当主だぞおおおお」

「僕ちゃまは次期当主なんだぞぉぉぉ。こんなことをして許されると思うのかぁぁぁ」

「「いいから、おとなしくしろ！」」

わけもわからず王宮へ連れていかれると、牢屋にぶち込まれた。

「「おら！　今日からここがお前らの住処だよ！」」

「ぐあああああ」

「や、やめろぉぉぉ」

この監獄には対瘴気用の魔法印が刻まれている。こ、ここでも瘴気か、いったい何がどうなっているのだ？　ポカンとしていると、コツコツと誰かが降りてくる音が聞こえた。護衛に囲まれ、王様と王女様が降りてきた。

「オ、オーガスト王ううう、カロライン様あああ、これはいったいどういうことでしょうかあああ？」

「……貴様らは最後まで何もわからなかったようだな」

「ユチさんはあんなに立派な方ですのに……」

王様も王女様も呆れたような表情だ。

「で、ですから、ご説明をおおお……」

「これを着けてみろ。〈瘴気可視化グラス〉だ」

王様はポイッとメガネを投げてきた。瘴気を見れるようにする道具じゃないか。どうしてそんなものを。仕方ないのでつけてみる。

「な、なんだあああ、これはあああ!?」

メガネを着けた瞬間、目の前が瘴気まみれになった。私の身体が瘴気でいっぱいだ……いや、クッテネルングの身体もそうだ。

「ユチ殿はこれまでずっと瘴気を浄化してくれていたのだぞ。それを貴様らは不当に追放したというわけだ」

「自分たちを瘴気から守ってくれていた人に辛い仕打ちを与え、辺境に追い出してしまうとは……いつまでもそこで反省していなさい」

ゴミ愚息が……ユチが言っていたことは全て真実だった。あいつは毎日、私たちはおろか屋敷中の瘴気を浄化していたのだ。ユチを追放などしなければ、今頃は……。暗い暗い海の底へ沈んでいくように、後悔の渦にのみ込まれる。そして、私たちは破滅した。

□□□

「「それでは……生き神様の御業にかんぱーい‼」」

「「かんぱーい！」」

カチン、コチンと盃のぶつかる音が響く。魔王軍を無事に倒して、姫様たちを救ったので大きな宴が開かれていた。

「生き神様の手にかかれば、魔王軍も敵じゃないですぜ！」

「一瞬で尖兵を倒しちゃうんだもんなぁ！」

「この先どんな敵が来ようと、生き神様の近くにいれば大丈夫ですね！」

何はともあれ、特に怪我人が出なくて安心した。隣に座っているエルフェア様に話しかける。

「姫様たちも無事でよかったですね」

「ええ……これも全部、ユチ様のおかげですわ」

さっきからやたらと姫様がくっついてくるのだが、どうしたんだ？　ああ、そうか。きっと、裸の男が珍しいんだな。

「……さ、エルフェア様。ユチ様もお疲れなので、あまりくっつかれてはよくありません」

「いや、もう少しだけ……あ〜れ〜」

ルージュが丁寧に、しかし強めに引き剥がす。きっと、教育上よろしくないと考えたのだろう。

「では、その隙に我が……」

「貴様は荒れ地にでも行きなさい」

「なんだと〜、それならどちらがユチにふさわしいか勝負だ」

「いいでしょう」

「ほ、ほら、ふたりとも仲良くね……」

ルージュたちの仲を取り持ちながら、その日の夜は楽しく更(ふ)けていった。

□□□

魔王軍に勝利してから数か月後。俺はルージュと一緒に、すっかり様変わりしたデサーレチを歩いていた。

「デサーレチもずいぶんと賑やかになったな。初めて来た時の面影なんてどこにもないよ」

「これも全てはユチ様のご活躍によるものでございますね。私めも感慨深く感じております」

聖域化は村の外まで完了しており、そこにも家々が建ち人が住んでいる。領民もグッと増え、最初はいなかった人たちも大勢いた。狐人族やウンディーネの集団、ドワーフの一行にエルフのグループ。どうしてそうなったのかというと……。

「ユチ殿ー！　おかげで毎日過去最高益を更新しまくってるコーン！　商会支部を置かせてくれてありがとコンよー！　あとで商会外取締役員として意見が欲しいコン！」

「ユチ殿！　デサーレチを里の姉妹都市にしてくれてありがとうございます。〈ライフ・ウォーター〉が毎日飲めるなんて夢のようです！」

「ユチ殿！　おでたちも感謝感激だっ！　デスマインはまさしく宝石の宝庫だかんな！　アイデアが無限に湧き出てしょうがないわっ！」

「ユチ殿！　デスドラシエルの調査は順調に進んでおりますぞ！　それにしてもこの土地は素晴らしい！　王国の特別天然指定区域に認定するよう、王様に進言しましょう！」

「ユチ殿！　魔王軍討伐に向けた拠点の設置は予定通りです！　ご用命とあらば、〈キングクラウン〉はいつでも出撃できますからね！」

「ユチ殿！　友好条約の締結が正式に完了したので、これから本隊を連れてきます！　ご許可がいただけたら一個師団常駐させちゃいますよ！」

「ユチ様！　エルフ王国と国交を結んでいただきありがとうございます！　そして、ぜひエルフの国王となってください！　ともに国の発展に努めて参りましょう！」

来客として訪れた面々が近寄っては挨拶してくれる。しなくていいと言ってるのに、彼らはほぼ毎日欠かさなかった。デサーレチはその豊かさがオーガスト王国に認められ、隣国のエンパスキ帝国やウンディーネの里、ドワーフ王国、さらにはエルフの国からもたくさんの移民が押し寄せているのだ。〔キングクラウン〕やジークフリードさんが連れて来た軍隊もいて、防衛力も半端ない。今やデサーレチは辺境の荒れ果てた土地から、オーガスト王国を代表する超一大都市に変貌していた。

「みんな楽しく暮らしてるみたいで俺も嬉しいよ」

「笑顔の絶えない毎日でございますね」

デサーレチだけでなく、俺個人にも非常に大きな変化が起きていた。なんと…………服を着られるようになったのだ！　ルージュを筆頭に領民たちには裸のままがいいとゴネられたが、どうにか着衣の権利を勝ち取った。我ながら今回はかなり頑張ったな。だいぶ先だが、冬が来る前に服を着られるようになって本当によかった。

「ユチさーん、ちょっとよろしいでしょうか？　お話ししたいことがあります」

「生き神様ー！　探したですじゃよー！」

「あっ、カロライン様にソロモンさん。こんにちは」

カロライン様はデサーレチに別荘を建てて、王宮と行ったり来たりの生活を送られている。なんでも、ここでの毎日は国政のとてもいい勉強になるらしい。

「デサーレチは大変豊かになり、いろんな種族が幸せに暮らせる土地となりました」

「ええ、そうですね。これもみんなのおかげです」

「そこで、以前から父と相談していたのですが、デサーレチをオーガスト王国公認の自治国として独立させようと思うのです」

「あっ、そうなんですかぁ。それは名案で……はい？」

驚きで固まった俺を置き去りにして、カロライン様はさらりと言葉を続ける。

「そして、ユチさんにはデサーレチ国の初代国王になっていただきたいのです。デサーレチはもはや〝神の領域〟。ゴルドレムの復活として、いつまでも語り継がれていくでしょう」

「素晴らしいご提案でございます！　ユチ様は王になるべくして生まれた人間でございますので！」

俺が何か言う前に、ルージュのテンションが爆上がりした。こ、この流れはまずい。どうなってしまうか簡単に想像つく。すかさず、必死の思いで叫んだ。

「ソ、ソロモンさんの方が適任じゃないですか⁉　元々デサーレチの村長ですし、何より伝説の大賢者で古の超魔法だって使えますし！」

「王様になったら超魔法が使えなくなりそうでイヤじゃ！　……じゃなくて、もう年だからお断りじゃ！」

「皆さまー！　このたびデサーレチは国となり、ユチ様が初代国王に任命されましたー！」

ソロモンさんには一言で断られ、ルージュが必要最低限の言葉でデサーレチ中に呼びかける。

十秒も経たずに、領民たちがドドドドド！　っと地鳴りを上げながら集まってしまった。

「ユチ様、おめでとうございます！　では、さっそく王宮の建設を始めます！　お前ら、一層仕事に打ち込めよ！」

「王様なんてやるではないか～。しょうがないから、我は妃になってやるぞ～」

『ユチ様、私も心より嬉しく思います。デサーレチはこの先も、ますます発展することでしょう』

お馴染みの仲間も集い、あっという間に数百人の領民たちに囲まれる。

「「我らが国王よ！　一生ついて参ります！」」

「あ、いや、ちょっ」

「ユチ様のお隣は、私めの特等席でございます。皆さま方、とりあえずはお引き取りをお願いします」

揉みくちゃにされていく中、座右の銘が薄っすらと思い出された。

――人生なるようになる…………よな？

【私の一日はユチ様とともに（Side：ルージュ）】

（ルージュ～、捕まえてごら～ん。そんなんじゃ、いつまでも追いつけないぞ～）

（お待ちくださいませ～、ユチ様～。まだマッサージの途中でございます～）

（ほ～ら、もう少しだ～、あはははは～）

逃げるユチ様を捕まえたところで目が覚めました。カーテンから太陽の白い光が差し込んでおり、朝の訪れを知らせています。スッとベッドから降りて窓へ。

起床した私が最初に行うことは、空気の入れ替えでございます。窓を開けて、新鮮な外の空気を取り入れます。もちろん、ユチ様から排出される空気も神聖そのものでございますが、朝の爽やかな風も堪能していただきたく思います。空を見上げると、雲一つない晴天でした。

ユチ様をお起こしする前に、洗顔や着替えなど諸々の朝の支度を整えます。ナイトウェア用のメイド服を脱ぎ、洗濯を終えたメイド服を着用。ちなみに、私は同じデザインの物を三着ずつ用意しております。

次いで、ユチ様の寝顔を観察。くたりと閉じられた瞼（まぶた）、わずかに開いたお口、一定の間隔で上下する胸。本日もまた、体調に異常はなさそうですね。健康で何よりです。その旨を専用の本に記録。ユチ様をお慕いする者として、体調管理及び記録は重要な仕事でございます。

【私の一日はユチ様とともに（Side：ルージュ）】


そこまで終わったところで、ユチ様を丁寧にお起こしします。起こし方について、私には気を付けているポイントがございました。呼吸のリズムに合わせてお身体を揺するのです。こうすることで、眠りから自然に目覚めます。

「ユチ様、おはようございます。朝が参りました」

「ぇあ？　あぁ……おはよう、ルージュ」

ぐぐ～っと背伸びするユチ様。腕や背中の角度は、まさしく黄金比そのもの。何度見ても素晴らしいですね。ユチ様の身支度を待つ間（だいぶ前に、手伝わなくてよいと命ぜられてしまいました）、キッチンで二人分の朝食を作ります。

本日のメニューは〈ジュエリンフィッシュ〉のフライと〈フレイムトマト〉、〈フレッシュブルレタス〉を挟んだパンです。パンには〈原初の古代米〉を使っており、お食事はいつもデサーレチで採れた食材で調理しております。ユチ様はお魚がお好きであり、栄養バランスも取れた定番のメニューでございました。さささっと特製のソースで味付けして、ユチ様の前にお出しします。

「朝食ができあがりました。どうぞお召し上がりくださいませ」

「え、もうできたの？　相変わらず、ピッタリのタイミングだ。では、いただきま～す……くぅぅ！　なんという美味さ！　フライのサクサク感とパンの香ばしさが互いに互いを引き立てる！　レタスとトマトのみずみずしさは、身体の隅々まで行き渡るなぁ！」

笑顔で頬張るユチ様を見ながら、私もお食事をいただきます。ユチ様は毎朝、お食事の感想を述べてくださいました。ユチ様のお食事を提供する者として、日々モチベーションが上がっております。

食後、デサーレチ茶（デスドラシエルの葉から煎じたお茶でございます）を飲みながら、その日の予定を確認するのが日課でした。

「ユチ様、本日のご予定でございますが、この後はユチ大聖堂の視察に参ります。それが終わり次第、ユチ饅頭を始めとしたユチ・コレクションの販売について、クソ商会長が相談したいそうです」

「い、いい加減、フォキシーって呼んであげなよ……というか、大聖堂の建築なんて止めない？　ましてや俺を称えるような聖堂なんて……」

「お言葉ですが中断はあり得ません。むしろ、全領民が完成を待ち望んでおります。さあ、視察に参りましょう、ユチ様」

なぜか肩を落とされているユチ様とともに家の外へ出ます。最近、悲しいことに服を着られるようになってしまいました。それではユチ様の魅力が半減してしまいます。

ユチ大聖堂の建築現場は、ちょうどデサーレチ全体の中心部。領内のどこからでも見える場所にいたしました。〝アウトローの無法者〟を筆頭に鍛冶師の一団が建築を進めており、すでに四方の壁や内部の支柱などは完成しつつあります。進行状況は概ね良好で安心いたします。

【私の一日はユチ様とともに（Side：ルージュ）】

予定通り、デサーレチの正面を向く壁には、巨大な円形の美しいステンドグラスがはめ込まれておりました。クソ暗殺者に必要な素材の採取を厳命していましたが、無事入手したようです。

「ちょっと待ってくれ」

大聖堂を眺めていると、ユチ様が焦った様子で私の前に出ました。お気に召さない部分があったのでしょうか？

「はい、どうなさいましたか、ユチ様？」

「あれってステンドグラスだよね？」

正面の壁を指されています。

「おっしゃる通りでございます」

「……俺の顔が描かれているのだが」

厳正なる会議の結果、大聖堂のステンドグラスにはユチ様のお顔を描くことになりました。

「デサーレチの象徴たるユチ様を称える聖堂ですから当然でございます」

「そうは言っても、さすがにやりすぎじゃ……」

「ユチ殿ー！　視察は終わったコンかー？」

せっかくユチ様とお話ししておりましたのに、クソ商会長の声に邪魔されました。

「……何でしょうか？」

「ゲェッ！　おっかないメイドだコン！　なんでいつもユチ殿の傍に……ぐぎぃっ！」

「ほら、フォキシーも悪気があるわけじゃないから……」

「……仕方ありませんね」

クソ商会長を下ろします。まったく、ユチ様は優しすぎます。

「ユチ・コレクションは、王国中の支店に手配が完了したコン。キャンペーンも兼ねて一斉に販売を開始するコンが、それで構わないコンか？」

「ああ、もちろんいいよ。ありがとう、フォキシー」

「じゃあ、それで準備するコン。こちらこそありがとうコンよ～」

ユチ様の言葉を聞くと、クソ商会長はフォックス・ル・ナール商会のデサーレチ支部へと走って行きました。あんなんでも、国内最大手の商会のトップなのですね。仕事ができるのは認めましょう。そして、もっとユチ様を崇めなさい。

ソロモン様及びコユチ氏とともに昼食を食べ、アタマリとの簡単な会議を終え、ユチ様にまとわりつくクソ暗殺者をしばいたところで夜が参りました。

「ユチ様、そろそろ就寝なさいますか？」

「そうだね、もう寝ようか。いやぁ、今日もなんだかんだ疲れたな」

夕食も終わったので、就寝の準備を済ませてベッドに入ります。

「ね、ねぇ、ルージュ。やっぱり別々に寝ようよ。だって、部屋はたくさんあるわけで……」

【私の一日はユチ様とともに（Side：ルージュ）】

「お断りいたします。お休みなさいませ」

目を閉じた瞬間、いつものように楽しい夢の時間が始まりました。逃げるユチ様と追いかける私。

（さあ、早くしないと逃げちゃうぞ～。あはははは～）

（お待ちください、ユチ様～。今日は新作のオイルをご用意して～……）

【大デサーレチ祭（Side：ユチ）】

「生き神様〜、ご相談したいことがあるんじゃが〜」

「ユチ様、ちょっとよろしいでしょうか」

服の暖かさを感じながら家でデサーレチ茶をルージュと飲んでいたら、ソロモンさんとアタマリがひょこっと入ってきた。いつもバーン！　されるので、結局ドアは取り払ってしまったのだ。

「どうしたんですか、ふたりとも」

「よかったら皆さま方もお茶をどうぞ」

昼下がりのお茶会に彼らも参加する。たまに、俺の家でちょっとした会議が開かれることもあった。

「アタマリと話していたんですがの。人も増えてきたことですし、何かデサーレチのお祭りを開こうと思うのですじゃ」

「年に一度の楽しみがあると、領民たちも毎日がより楽しくなると思うのです」

「なるほど、いい案ですね。お祭りやりましょう」

そういえば、デサーレチにそういったイベントはなかった。お祭りなんてワクワクする。

【大デサーレチ祭（Side：ユチ）】

「私めも賛成でございます。では、このまま話し合いとしましょう。司会は私めが務めます。まず、祭りの名前から決めようと思いますが、どなたかいい案は……」

「〃大デサーレチ祭〃で！」

すかさず発言した。彼女らに任せていたら、どんな名前にされるかもうわかっている。

「いや、そこは〃大ユチ祭〃の方が……」

「〃大デサーレチ祭〃じゃないとイヤです！」

「やっぱりユチ様のお名前を冠して……」

「〃大デサーレチ祭〃がいいんです！」

「……わかりました。そこまでおっしゃるのなら……第一回〃大デサーレチ祭〃にしましょう」

渋々ながらもルージュたちは了承した。勝利！　よく頑張ったぞ、ユチ。素晴らしい成長ぶりだ。俺が余韻に浸っている間も、みんなは何かを相談していた。

「領地中に……を張り巡らして……で勝負して……最後は……」

いったい何を話しているんだろうな。あいにくと俺はまだ勝利の余韻から抜け出せないでいた。いやぁ、茶がうまい。

「……ということでよろしいでしょうか、ユチ様」

「いいよいいよ～」

ルージュに確認されたが、適当に承諾しておいた。無事、〝大デサーレチ祭〟となったわけだし心配することは何もない。

二週間後の夕方、〝大デサーレチ祭〟の開催となった。領主の挨拶で始まるのかなと思っていたが違うらしい。どうやら俺の挨拶が一番の目玉で、最後の方にとっておくと言われた。領民たちも祭りが開かれることに大賛成で、それはそれは盛大な飾り付けをしてくれた。……いや、してくれたのだが……。

「……俺？」

そこら中に張り巡らされたカラフルな三角旗には、俺の顔が描かれている。ピカピカと光っているから、また謎に高度な技術が使われているのだろう。

「ユチ様！　ユチフィギュアの決闘が始まりますよ！　見に参りましょう！」

「……なに？」

ルージュに連れていかれた先では、一段と大きな人だかりができていた。中央にはアタマリとソロモンさん。互いに俺の人形を戦わせていた。

「いけぇ！　俺のユチ様！　そこだっ！　後ろから回り込めっ！」

「負けるな、ワシの生き神様ー！　躱（かわ）してカウンターをかますんじゃ！」

それぞれカスタマイズしており、裸じゃないことだけがありがたかった。アタマリのユチフィギュアがショルダータックルをかます。ソロモンさんのが場外に吹っ飛ばされた。

【大デサーレチ祭（Side：ユチ）】

「『アタマリの勝利ー！』」

「よっしゃー！　やりましたよ、ユチ様ー！」

「あああ、負けてしまったー！　あそこで引いたのが間違いじゃったー！」

拳を突き上げるアタマリと、頭を抱え込むソロモンさん。……なんでこうなった。

「あちらではユチ饅頭の競技会が開かれております。さあ、参りましょう」

「……競技会？」

またもや聞き捨てならないセリフを言われ、戦々恐々とルージュの後を追う。広場の一角に、巨大な饅頭が並べられている。その周りにはフィギュアの決闘にも負けないほどの人だかり。クデレとコユチも領民と一緒にいるな。珍しい組み合わせに緊張感が高まる。そして、彼らが注目する前には超特大の饅頭。もちろん俺の顔が描かれている。

『優勝はクデレ殿です！』

「『おおお～！　名誉ある初代王者だ！』」

俺たちが来た時、コユチがクデレに一枚の紙を渡していた。

『あっ、ユチ様！　今ちょうどユチ饅頭の競技会が終わったところです』

「おい～来るのが遅いぞ～。何をしていたんだ～。ほら見ろ、優勝したんだぞ～」

クデレは自慢げに紙を見せびらかしてきた。賞状だ。

「ク、クデレっ。どうしてここに……！」

「どうしてって、こんなイベント参加しないと損だろ～」

最近見かけなかったのは、饅頭を作っていたからか。というか、お祭りなんて興味ないと思っていたのに。

「ユチ様、私めはユチ様を讃える歌をお作りしました。名付けて〝ユチ賛歌〟でございます。こちらへどうぞ！」

「……歌？」

もう気絶しそうだ。ルージュが嬉々として俺の手を引いていくと、声出しをしているグループがあった。すでに讃美歌のように美しい。

「ユチ様を連れて参りましたよ～。配置についてくださいませ～」

「「生き神様に私たちの歌声を聞いていただけるなんて、このうえない幸せでございます！」」

「あっ、うん……」

何を言う間もなく、玉座のごとく豪華な椅子にドカッと座らされた。

「「我らがユチ様は～神の御子～。奇跡の御業で～浄化するぞ～。浄化されたいヤ～ツはどこだ～～。俺の～近くにさあ来い～。オオオ～ユ～チ～……」」

歌声はそれこそ天にも昇るほどの美しさだった……歌声は。あまりの素晴らしさで歌詞に関する印象を忘れるほどだ。その後、二番三番と歌われルージュに感想を求められた。

「いかがでしょうか、ユチ様っ。今世紀最大の名曲と言われてもおかしくないと思いますがっ」

【大デサーレチ祭（Side：ユチ）】


「よ、よかったんじゃ……ないかな……」

諸々の俺に関する出し物を見ていたら、ようやく気がついた。もしかして、祭りって……。

——名前より内容の方が大事なんじゃないのか？

そうだよ。注意するべきは名前なんかより内容だろうが。ヘラヘラしながらいいよいいよ～、って了承しやがったのはどこのどいつだ？　……俺だ。しかも、第一回があるってことは、第二回、第三回もあるってことだ。つまり、来年も再来年もこれが繰り返される。下手したらさらにパワーアップするぞ。ちゃんと話を聞いてりゃよかった。だが、今さらもうどうしようもない。まさしく後の祭り……いや、別にうまいことを言おうとしたわけじゃなくてだな。

「ユチ様、ご挨拶をお願いいたします。皆さま方、楽しみに待たれておいでですよ」

「そ、そうだな……」

ルージュに促され、祭り用に作ったと思われる巨大な櫓（やぐら）へ登る。領民たちは徐々に静まり返り、夜空に瞬く星のように輝いた瞳で俺を見ていた。領主たる者、彼らの気持ちを踏みにじってはいけないのだ。

「皆さんが讃えてくれて………俺は嬉しい！　……俺は嬉しいです！」

「うおおおお！　生き神様ー！　ユチ様ー！」

地鳴りのように鳴り響くコールを聞きながら、俺はこれからも領主として頑張ろうと強く決心するのであった。

あとがき

読者の皆様初めまして。作者の青空あかなと申します。このたびは本書『俺だけ使える【全自動サンクチュアリ】で辺境を極楽領地に作り変えます！～歩くだけで聖域化する最強スキルで自由気ままな辺境ライフ～』をご購入くださり、誠にありがとうございます。また、本作は第二回グラスト大賞『優秀賞』という大変に素晴らしい賞を賜りました。受賞したときの喜びは今でも覚えておりますし、この先も忘れることはありません。

さて、本作の主人公――ユチは、〝人生なるようになる〟という座右の銘を持っています。実家でひどい扱いをされ辺境の最悪な土地に追放されても、その精神に基づき決して落ちこむことはない……。彼は非常に強力なスキルを持っているわけですが、何よりもその精神性が一番のチート能力なのかもしれません。赴任したその日から領地を発展させていくユチ。彼が来てくれて、領民たちは本当に安堵したと思います。辺境で送る日々の中、ユチには予想だにしていない困難が襲い掛かりますが、最後には克服するのでご安心くださいませ。

この作品では辺境における領地開拓ということもあり、名前のあるキャラがたくさん出てきます。意志が強くて声がよく通るメイドの彼女や少女となった魔法使いの人、頼りがいがある鍛冶師の青年や黒い服が好きな元暗殺者のお姉さん、そしてユチの名前をもらった古の龍……。

お馴染みの仲間たちだけでなく、辺境にやってくる個性的なキャラたちもどうぞお楽しみください。私自身、とても楽しく執筆いたしました。ちなみに、私はお客さんの中だと狐っぽいあの人が一番好きです。表紙にも描いていただいて本当に嬉しかったです。二番目は石が好きなあの人でしょうか。当初はひび割れた大地でしかなかった辺境の地が、それこそ神の領域のように変貌していく様を楽しんでいただけたら幸いでございます。

本文の最後にある書き下ろしは、ユチを慕うメイドさんの一日や領地の一大イベント、少女になった魔法使いの人の話、そして電子版の特典ＳＳには元暗殺者のお姉さんを主人公に書かせていただきました。どれも大変面白いので、もしよかったらこちらもどうぞ。

最後になってしまいましたが、本作にこれ以上ないほど素敵なイラストを描いてくださったでんきちひさな様、未熟な私を出版へ向けて優しく的確に導いてくださった編集のＭ様、グラストＮＯＶＥＬＳ編集部様、本作の出版にお力添えいただいた皆様方、そして本書を読んでくださった読者の皆様へ深く感謝を申し上げます。本当にありがとうございました。

青空（あおぞら）あかな

俺だけ使える【全自動サンクチュアリ】で辺境を極楽領地に作り変えます！
～歩くだけで聖域化する最強スキルで自由気ままな辺境ライフ～

2023年9月22日　初版第1刷発行

著　者　青空あかな

発行人　菊地修一

発行所　スターツ出版株式会社

〒104-0031　東京都中央区京橋1-3-1　八重洲口大栄ビル7F

☎出版マーケティンググループ　03-6202-0386
（ご注文等に関するお問い合わせ）

https://starts-pub.jp/

印刷所　大日本印刷株式会社

ISBN　978-4-8137-9266-6　C0093　Printed in Japan

［青空あかな先生へのファンレター宛先］
〒104-0031　東京都中央区京橋1-3-1　八重洲口大栄ビル7F
スターツ出版（株）　書籍編集部気付　青空あかな先生